Chère Lectrice,

En ouvrant ce livre de la Série Harmonie, vous
entrez dans le monde magique de l'aventure et de
l'amour.
Vous connaîtrez des moments palpitants, vous
vivrez avec l'héroïne des émotions inconnues.
Duo connaît bien l'amour. La Série Harmonie vous
passionnera.

**Harmonie : des romans pour faire durer
votre plaisir,
quatre nouveautés par mois.**

Un hôtel aux Bahamas

Série Harmonie

MONICA BARRIE
Un voyage aux Caraïbes

Les livres que votre cœur attend

Titre original : *Crystal Blue Desire* (46)
© 1984, Monica Barrie
Originally published by Sɪʟʜᴏᴜᴇᴛᴛᴇ Bᴏᴏᴋs
a Simon & Schuster division of Gulf
& Western Corporation, New York

Traduction française de : Béatrice Lange
© 1984, Éditions J'ai Lu
27, rue Cassette, 75006 Paris

Chapitre 1

Le disque du soleil couchant éclaboussait de reflets diaprés la surface lisse de l'océan et la coque du yacht.

A l'arrière, le skipper aux yeux gris-vert qui scrutait la mer repéra enfin l'entrée du bassin.

Dans quelques instants l'*Emeraude* accosterait à Key West, son port d'attache. Sally Morgan poussa un soupir. Une main sur le front pour se protéger des rayons éblouissants, la jeune fille agrippa la barre.

— Prêt, Toby ? cria-t-elle à son second.

La peau de l'homme, noire comme l'ébène, luisait sous l'astre de feu. Un sourire éclaira son visage qui inspirait confiance et sympathie.

— Prêt, capitaine !

— Nous allons accoster !

Habilement Sally Morgan manœuvra le bateau de douze mètres jusqu'à son poste de mouillage. Cette sortie en mer qui lui avait permis de tester le bon fonctionnement de l'*Emeraude* avait été positive, songeait-elle avec satisfaction. Le

5

départ en croisière, qui était fixé au lendemain matin, aurait bien lieu comme prévu...

Peu après le yacht était amarré. Debout sur le quai, Sally observait Toby qui lavait le pont à grande eau. Ce yacht dont le puissant moteur permettait une bonne vitesse de croisière était la grande fierté de son père, et le plus beau fleuron de la flotte Morgan.

Demain l'*Emeraude* appareillerait pour un voyage d'une durée de cinq semaines dans les Caraïbes, avec plongée sous-marine à la demande des passagers. Son père avait tout organisé juste avant qu'il ne tombe malade. Le contrat avait quand même été maintenu, à une différence près : Sally Morgan occuperait les fonctions de skipper à la place du patron.

Aujourd'hui, elle avait donc tenu à vérifier personnellement le bon état de marche du bateau.

Tandis que Toby s'affairait sous ses yeux, elle s'interrogeait sur ses futurs compagnons de voyage. Il s'agissait en l'occurrence d'un père accompagné de son fils ; vraisemblablement un de ces hommes en quête d'évasion qui fuyait femme et responsabilités et ne s'intéressait à rien d'autre qu'à la mer et à lui-même.

Soudain Sally sentit une présence. Son pouls battit à un rythme accéléré lorsqu'elle aperçut à ses côtés un homme aux yeux bleu turquoise qui la fixait. Très rapidement elle le jaugea : grand, brun, il avait un beau visage et l'air sûr de lui. Une marinière blanche soulignait sa carrure et un short noir révélait ses longues jambes musclées. Outre l'attrait purement physique, il émanait de tout son être une étrange fascination qui enveloppa la jeune fille comme une caresse.

S'efforçant de respirer normalement, Sally Morgan s'éclaircit la voix.

— Puis-je vous renseigner ?

Elle dut attendre un instant ; l'homme qui gardait ses yeux lumineux rivés sur elle ne s'empressait pas de lui répondre.

— Excusez-moi, finit-il par dire avec un sourire en coin. J'admirais simplement le paysage !

— Moi aussi, riposta-t-elle en tournant ostensiblement sa tête vers le yacht.

Puis, furieuse devant tant d'insolence, elle feignit l'indifférence. Quand elle passa devant lui pour remonter à bord de l'*Emeraude*, il l'immobilisa d'une main ferme.

Sous cette poigne, Sally devina une forte énergie, et tout son corps frémit étrangement.

— En vérité c'est une croisière qui m'amène ici, déclara-t-il d'une voix chaude.

— Désolée, mais tout est complet jusqu'à la fin du mois, mentit-elle.

D'un geste vif elle dégagea son bras et recula prestement. En guise de réponse l'homme éclata d'un grand rire moqueur. Stupéfaite, Sally le dévisagea. Le même trouble s'empara d'elle lorsque leurs regards s'affrontèrent.

— Tout est réglé, précisa-t-il. En principe le départ a lieu demain matin !

— Oh ! Dans ce cas, vous êtes sans doute monsieur Granger, dit Sally en le considérant d'un œil nouveau.

Mon Dieu! Que doit-il penser de moi? se demanda-t-elle inquiète. Ce n'était sûrement pas John Granger, car il paraissait trop jeune, mais son fils. Probablement...

— Si vous voulez bien passer à l'agence, le capitaine Morgan sera ravi de vous y accueillir.

— Merci.

Mais l'homme qui la dévorait des yeux ne bougea pas. Elle éprouva une sensation bizarre sous le regard pénétrant de l'inconnu.

— Vous êtes le fils de John Granger, je suppose? avança-t-elle pour dissimuler sa nervosité.

L'homme battit imperceptiblement des paupières puis un sourire ironique se forma sur ses lèvres pleines.

— Vos candidats à la plongée sous-marine ont-ils souvent un âge certain? demanda-t-il avec humour.

— Trop, riposta-t-elle. Je m'appelle Sally Morgan.

Quand l'homme serra la main qu'elle lui tendit, un frisson la parcourut de nouveau.

— John Granger, enchaîna-t-il sans lâcher sa prise.

— Junior?

Après une courte hésitation, il hocha vaguement la tête.

— Eh bien, à vrai dire...

— Tout est prêt, coupa-t-elle vivement. Passez donc à l'agence, mon père vous communiquera les derniers renseignements concernant cette croisière.

8

— Merci, répondit-il sans se départir de son sourire.

D'ailleurs la lueur d'humour qui jouait en permanence dans ses prunelles claires n'avait pas échappé à la sensibilité de Sally.

La jeune fille fit un brusque demi-tour pour regagner l'*Emeraude* et inspecter une dernière fois les lieux. Cependant, avant de descendre, elle suivit des yeux le séduisant client qui s'apprêtait à pénétrer dans le bureau de l'agence Morgan.

La croisière de demain s'annonce différente des précédentes, songea-t-elle. Un sourire creusa alors ses fossettes quand elle imagina la tête du père et du fils à l'annonce de ce changement.

Le soleil avait disparu depuis un moment lorsque Sally se dirigea lentement vers le bâtiment qui abritait les bureaux de son père. Comment s'était déroulée l'entrevue ? se demanda-t-elle en arrivant devant la porte. En cet instant précis une voix masculine qu'elle reconnut aussitôt élevait des protestations.

— Le contrat stipulait que vous pilotiez le yacht et nous assistiez pendant les séances de plongée ! rappelait-il mécontent.

— Monsieur Granger, je vous ai clairement exposé les raisons de cet empêchement. Maintenant, si vous souhaitez annuler ce voyage, rien n'est plus simple ! Je vous rembourse sur-le-champ la caution que vous m'avez versée.

Sally sourit. Elle connaissait bien son père. Il s'exprimait ainsi uniquement sous l'effet de la colère.

— C'est trop tard pour que je renonce à mon

projet, d'autant plus que le matériel vient d'arriver à Freeport. Je n'ai pas de temps à perdre, mais sachez que cela ne me réjouit guère d'avoir comme skipper une femme sans expérience.

— Le capitaine Sally Morgan possède tous les permis de navigation depuis cinq ans. Non seulement elle connaît parfaitement les îles mais c'est aussi une excellente plongeuse. Et si vous voulez tout savoir, monsieur Granger, quand ma fille était étudiante à l'université de Miami, elle a participé à de nombreuses expériences de plongée sous-marine en eaux profondes. Vous en avez sûrement entendu parler...

Devant le silence qui suivit les propos de son père, Sally imagina la tête de Granger approuvant à contrecœur.

— Sérieusement, messieurs, imaginez-vous un seul instant que je serais inconscient au point de risquer la perte de ce yacht qui vaut une fortune, et surtout, la vie de ma fille ?

Incapable de supporter plus longtemps cet affront sans réagir, Sally fit irruption dans la pièce.

— Monsieur Granger ignore peut-être que les femmes d'aujourd'hui savent faire autre chose qu'élever des enfants et mijoter des petits plats !

A la vue de l'homme chauve et assez corpulent qui se tenait entre John Granger et son père, la jeune fille se crispa. Elle l'avait reconnu ; mais lui, non, bien évidemment !

— Messieurs, permettez-moi de vous présenter ma fille Sally, annonça Steve Morgan avec un sourire amusé.

10

— J'ai déjà rencontré M. Granger junior, remarqua-t-elle sèchement.

Puis elle s'adressa directement à lui.

— Votre père, ou vous-même, auriez-vous une objection à formuler concernant l'organisation de la croisière ? dit-elle avec un air de défi.

Il y eut des regards étonnés. Et, aussitôt, Granger jeta à Steve Morgan, puis à son compagnon un regard qui commandait le silence.

— Oh ! Ecoutez, non, je ne pense pas que nous ayons une remarque quelconque à vous adresser. M. Morgan vient de nous certifier que vous étiez hautement qualifiée.

— Tout est prêt pour demain, déclara-t-elle. Désirez-vous passer la nuit à bord ?

— Non, répondit Granger, nous avons un autre rendez-vous dans la soirée. Mais demain, votre heure sera la nôtre, assura-t-il, un sourire moqueur aux lèvres.

Au moment où ils se levaient pour prendre congé, Sally s'approcha du plus âgé des deux hommes.

— Monsieur Granger, la société Endicorpe et les produits de beauté Meredith ne vous sont pas totalement étrangers, n'est-ce pas ?

— En effet. Vous utilisez nos cosmétiques, j'espère ? s'enquit-il innocemment.

— Je l'ai fait, à une certaine époque, admit-elle en s'efforçant de garder la tête froide.

Tandis qu'elle fixait son interlocuteur, elle sentait le regard admiratif de Granger junior posé sur elle.

— A demain matin, mademoiselle Morgan, dit-il en ouvrant la porte.

Dès qu'ils eurent disparu, Steve Morgan se tourna vers sa fille et la dévisagea avec attention.

— De quoi s'agit-il, ma chérie ?

— Ecoute, papa, je n'en suis pas absolument certaine, mais il me semble l'avoir déjà vu à l'agence. Je ne connais même pas son nom, car je ne me suis jamais beaucoup intéressée à lui.

— Je comprends, répondit Steve, l'air pensif.

Il ne quitta pas sa fille des yeux.

— Veux-tu que nous annulions cette croisière ? enchaîna-t-il.

— Pourquoi ?

— Pour ne pas t'imposer sa présence, et d'ailleurs, il...

— Ecoute, papa, j'ai d'excellentes raisons qui me poussent à mener à bien ce projet. Outre l'aspect financier qui n'est pas négligeable, je n'ai pas l'intention de me laisser intimider par un homme. Le passé est révolu, tu sais. Alors ne t'inquiète vraiment pas pour moi, affirma-t-elle avec véhémence.

— Sally, commença-t-il doucement, il serait préférable que tu saches que...

— Je t'en prie, n'insiste pas, tout se passera bien, interrompit-elle. A présent il me reste quelques détails à régler, et n'oublie pas que toi aussi tu as un rendez-vous !

— Pour rien au monde je ne voudrais le manquer, sourit-il.

12

En effet le père et la fille avaient décidé de dîner en ville pour fêter ce grand départ.

— Moi non plus, déclara-t-elle avant de s'éclipser. A tout à l'heure !

Sur le pas de la porte, Sally inspira profondément pour tenter de dissiper la mélancolie qui l'étreignait depuis sa rencontre avec le père de John Granger. Mais dans l'allée de graviers qui menait à la maison des Morgan, le souvenir des événements récents qui avaient bouleversé son existence accapara ses pensées. C'était il y a trois mois : elle quittait définitivement Atlanta pour retourner vivre à Key West.

Ses études terminées, trois ans auparavant, elle était rentrée comme assistante de rédaction dans une agence de publicité, Karman et Lustig. Au bout de deux ans elle était passée rédactrice ; son travail consistait à rédiger des textes pour les acteurs qui tournaient des films publicitaires. Ce fut une période florissante pour Sally Morgan. Tout marchait bien. Son métier la passionnait et depuis un an, elle fréquentait un jeune homme séduisant.

Thomas Manning était un garçon brillant, ambitieux, et le fait qu'il exerce les fonctions de chef de publicité dans une agence concurrente n'avait jamais posé le moindre problème à sa compagne. Chez Gates, il était responsable de deux secteurs prestigieux à l'échelle nationale.

Leurs relations avaient débuté tout à fait innocemment, par un dîner en tête à tête au restaurant, suivi d'une séance de cinéma ou de théâtre. En réalité, ils aimaient se retrouver ensemble et parler pendant des heures de leur carrière. Jusque-là Sally n'avait guère eu le temps de songer à se divertir tant elle était accaparée par sa réussite professionnelle.

Avec Tom, tout avait changé. C'était la première fois qu'un homme se passionnait pour son métier et l'encourageait autant à en parler. Tous les deux se plaisaient à évoquer l'avenir qui les attendait dans le monde de la publicité.

Au fil des mois, Sally se rendit compte qu'elle éprouvait pour son collègue plus qu'une simple amitié : elle tomba carrément amoureuse de lui et ne chercha pas à s'en défendre. D'ailleurs le comportement de Tom à son égard, par ses gestes et ses paroles, ne tarda pas à lui prouver que ses sentiments étaient réciproques.

A ce stade de leurs relations, Sally pensait qu'il ne tarderait pas à la demander en mariage.

Mais soudain, cette perspective fut reléguée au second plan lorsque, au retour d'une semaine de congé, elle eut droit à une nouvelle promotion et fut chargée exclusivement du suivi d'un budget important. Elle crut remarquer alors un léger changement dans le comportement de Thomas, mais rapidement réussit à se convaincre qu'il ne s'agissait là que du fruit de son imagination.

Pourtant un soir, en rentrant du cinéma, Sally lui demanda si tout allait bien. Avec un grand sourire il l'embrassa sur le front.

— La vie est merveilleuse, et... toi aussi.

Les incertitudes de Sally s'effacèrent aussitôt. Tom se montra aussi attentionné et tendre qu'au début de leur liaison. Cette démonstration de tendresse qui s'ajoutait à la joie qu'elle éprouvait d'occuper des fonctions importantes la combla de bonheur.

Sally soupira en pensant aux événements qui avaient suivi. Dès lors Thomas ne perdit pas une occasion de la faire parler de son nouveau client, sans se lasser de ses projets, de ses idées concernant la campagne qu'elle gérait pour la société Meredith. L'intérêt qu'il manifesta pour cette affaire était tel qu'elle ne se souvint pas d'avoir abordé d'autres sujets de conversation pendant plusieurs semaines. Puis était arrivé ce jour sinistre où elle avait enfin compris.

Arrivée devant la porte de chez elle, elle revécut cette journée tragique avec une acuité extraordinaire.

Dans son bureau, elle réfléchissait sur un projet de campagne pour la société Meredith quand la sonnerie du téléphone retentit. Machinalement elle décrocha.

— Sally Morgan, j'écoute.

— Sally, venez immédiatement dans mon bureau, je vous prie, commanda Victor Shephard.

C'était le directeur général de l'agence, et elle travaillait directement sous ses ordres. La jeune rédactrice se leva, lissa les plis de son kilt et arrangea vaguement sa coiffure puis, munie de son bloc-notes, elle se dirigea vers le bureau de Shephard.

En pénétrant dans la pièce, elle sut tout de suite qu'il se passait quelque chose de grave, car

Samuel Lustig, le président de l'agence était également présent.

Le visage bouffi par l'alcool et ravagé par la fatigue que lui imposait son métier, Victor Shephard la pria de s'asseoir. Vêtu d'un costume bleu marine à fines rayures, Samuel Lustig était confortablement installé dans un fauteuil de cuir fauve.

— Asseyez-vous, dit Shephard.

Sally perçut aussitôt une dureté inhabituelle dans la voix de son patron.

— Vous connaissez monsieur Lustig, naturellement, ajouta-t-il.

— Bonjour, monsieur Lustig, répondit-elle d'une petite voix.

Le président-directeur général la salua d'un vague signe de tête.

— Sally, nous n'irons pas par quatre chemins, commença Shephard. Thomas Manning est un de vos amis, n'est-ce pas ? s'enquit-il sèchement.

Sally le dévisagea avec curiosité car il connaissait parfaitement la réponse.

— C'est plus qu'un ami, Victor, vous le savez bien.

— Vous est-il déjà arrivé de vous entretenir de vos dossiers avec des gens ne travaillant pas à l'agence ? questionna Lustig d'une voix accusatrice.

— Je n'ai pas l'habitude de raconter ma vie professionnelle au premier venu, et par ailleurs Thomas Manning et moi-même nous ne parlons pas forcément boutique lorsque nous sommes ensemble...

Sans savoir pourquoi, elle se sentit soudain sur la défensive.

— Cependant vous avez discuté de l'affaire Meredith et Endicorpe avec lui ? pressa Lustig.

La gorge nouée par l'appréhension, elle dévisagea tour à tour son président et son directeur général.

— Oui, murmura-t-elle.

— Quel âge avez-vous ? poursuivit Lustig.

— Vingt-quatre ans.

— Alors vous n'avez pas d'excuses !

— Que signifie tout cela ? s'indigna-t-elle en proie à une inquiétude mêlée de colère.

— Sally... intervint Shephard pour atténuer le coup.

Mais le président lui fit signe de se taire et enchaîna sans pitié.

— C'est clair, mademoiselle, vous avez trahi le secret professionnel. Vous avez divulgué le fruit de nos recherches !

— Comment ?

— Grâce à vous, mademoiselle Morgan, nous avons perdu un gros client : la société Endicorpe et Meredith.

A ces mots la jeune fille blêmit. Pendant quelques secondes son cœur battit si fort qu'elle eut l'impression qu'il allait éclater.

— Je ne comprends pas, marmonna-t-elle abasourdie par l'énormité de l'accusation.

— Vous n'ignoriez pas qu'Endicorpe devait renouveler prochainement son contrat avec nous, n'est-ce pas ?

— Naturellement, je travaille dix heures par

jour sur le dossier depuis deux semaines, commenta-t-elle en cherchant l'approbation de son patron.

Victor acquiesça d'un hochement de tête.

— Mais, reprit-elle, la présentation doit avoir lieu dans huit jours... Comment diable le contrat nous aurait-il échappé ?

— Racontez-lui le fin mot de l'histoire, Shephard, ordonna Lustig.

— Un concurrent nous a soufflé Endicorpe et Meredith. Nous avons été avertis ce matin que notre contrat ne serait pas reconduit et que la présentation de la campagne était également annulée.

Shephard marqua une pause qui permettait à la rédactrice de digérer la nouvelle, et allait donner plus d'impact à sa conclusion.

— Non seulement ils nous ont volé le client mais, par la même occasion, la plupart de nos idées !

— De quelle agence s'agit-il ? murmura Sally.

Une boule lui noua la gorge car, au fond d'elle-même, elle pressentait la réponse.

— Gates. Le chef de publicité chargé désormais du budget Endicorpe n'est autre que Thomas Manning.

A la confirmation de ses pires craintes, la jeune fille saisit sur-le-champ le véritable sens de cette convocation.

— Je suis désolé, mademoiselle Morgan, décréta Samuel Lustig d'une voix subitement radoucie.

En la dévisageant alors, l'homme eut la certitude que dans cette affaire, elle avait été la victime innocente.

— Cette histoire vous servira de leçon pour l'avenir, enchaîna-t-il, mais pour nous, cela signifie une perte sèche de plus d'un million de dollars par an !

— Vous m'en voyez navrée. Le temps de débarrasser les affaires personnelles de mon bureau, et je quitte l'agence, dit-elle en se levant.

Tendue, elle se dirigea vers la porte.

— Mademoiselle Morgan, interpella Lustig d'un ton aimable.

— Oui ?

La main crispée sur la poignée, elle retenait à grand-peine les larmes qui brouillaient sa vue.

— Le chef du personnel est au courant. Passez à la comptabilité avant de partir, vous solderez ainsi votre compte, ajouta-t-il en guise d'adieu.

Incapable d'articuler deux mots, elle hocha la tête et disparut. En proie à une immense détresse, elle vida ses tiroirs à la hâte. Plus vite elle partirait et mieux ce serait, se disait-elle au bord de la crise de nerfs. Trop gênée pour dire au revoir à ses collègues, Sally fila discrètement chez le chef du personnel résilier son contrat. Avec étonnement elle constata que Shephard lui avait rédigé une lettre de références en termes élogieux. Cette attention la fit sourire.

A Atlanta ce bout de papier ne vaudrait rien du tout. Dès demain la nouvelle aurait fait le tour des agences de publicité de la Géorgie. Espérer le contraire était impensable !

Une fois rentrée chez elle, Sally s'effondra sur

son lit, et pleura toutes les larmes de son corps. Elle venait de perdre un travail qui lui plaisait énormément et, de surcroît, avait été trompée traîtreusement par l'homme qui prétendait l'aimer.

A plusieurs reprises, Sally souleva le combiné pour téléphoner à Tom, puis au dernier moment se retint.

Elle reçut quelques appels dans la soirée mais elle se garda d'y répondre. A présent elle devait faire la part des choses et recommencer une nouvelle vie.

Toute la nuit, sans trêve, elle revécut sa mésaventure. Quelle idiote de s'être ainsi laissé manipuler, se reprocha-t-elle amèrement.

Au petit matin, elle avait pris une décision. Sa situation était irréversible : sa carrière était compromise par ce scandale, et elle n'avait plus confiance en l'homme qu'elle considérait comme son meilleur ami et même comme son futur mari. Dorénavant elle éviterait ce genre de situation en maîtrisant mieux ses sentiments, se promit-elle. Mais pour l'instant elle devait agir au plus vite : guérir au moins la blessure que Tom avait infligée à son amour-propre. Peu après, elle exécutait son plan.

A dix heures du matin elle se présenta à la réception de l'agence Gates, et demanda à voir M. Manning. Quelques minutes plus tard l'hôtesse l'introduisait dans son bureau. Comme toujours il était impeccablement habillé : costume gris clair, chemise en oxford et cravate en soie bordeaux.

Il se leva, surpris.

— Sally, ma chérie !

La jeune fille s'écarta vivement quand il tenta de l'embrasser.

— Comment as-tu osé ? s'écria-t-elle.

— Tu es au courant...

— Eh, oui ! Bravo ! Tu t'es bien moqué de moi. Je suppose que tes déclarations d'amour étaient feintes et destinées uniquement à alimenter ta source de renseignements. Quelle idiote j'ai été !

— Tais-toi, coupa-t-il.

Puis il sourit et poursuivit d'une voix plus douce.

— C'est la vie, ma chérie. Pourquoi ne pas mêler affaires et plaisir ? D'ailleurs je n'ai jamais prétendu le contraire. Dès le début j'ai été franc avec toi. Je ne t'avais pas caché mon ambition et mes projets.

— Certes, les scrupules ne t'ont pas arrêté !

— Je rêvais depuis des années de décrocher le budget Meredith, figure-toi. L'occasion était trop tentante. Je voulais te faire part de notre démarche auprès d'Endicorpe, mais le jour où j'ai appris vos projets concernant les produits de beauté Meredith, ce n'était plus possible.

— Je n'arrive pas à y croire, murmura-t-elle d'une toute petite voix. Je m'imaginais que nous entretenions des relations privilégiées... Quelle tristesse !

— Sally, je suis sincèrement désolé. Mais tu sais, ce n'est pas un problème pour ta carrière, avança-t-il avec un sourire paternaliste. Dès que j'ai su que j'étais nommé responsable de ce budget, j'ai immédiatement pris des dispositions avec le chef du personnel à ton sujet. Je t'engage comme rédactrice du projet Meredith, avec un salaire plus élevé que chez Karman et Lustig, bien entendu !

Sally hocha négativement la tête, puis furieuse, lui tourna carrément le dos. Aussitôt Tom posa ses mains sur ses épaules, l'invita à se retourner, la retint dans ses bras et, d'un baiser, effleura ses cheveux.

Prestement elle se dégagea et, ivre de fureur, le fusilla du regard.

— Tout est fini entre nous, Tom ! Tu as bien profité de ma confiance, tu en as abusé et j'ai perdu mon travail. A cause de toi j'ai été mise à la porte de l'agence, sans parler de l'atteinte personnelle qu'un tel choc représente !

— Sally...

— Non ! Je ne suis pas à vendre. Et jamais tu ne pourras te racheter pour le sale tour que tu viens de me jouer. Adieu, Thomas, va-t'en au diable !

Près de la porte, elle murmura suffisamment fort pour qu'il l'entende :

— Un jour tu me le paieras !

Sally rentra chez elle à pied pour calmer le tumulte de ses sentiments. Mais une fois dans son appartement la question douloureuse se posa de nouveau. Qu'allait-elle devenir ?

Elle réfléchissait en buvant une tasse de café lorsque son regard se posa sur une photographie de ses parents qui trônait sur une table basse. En contemplant le couple, un nouveau sujet de préoccupation l'assaillit : son père.

A la mort de sa mère, il s'était lancé à fond dans son affaire, une agence de voyages spécialisée dans les croisières aux Caraïbes. Sally lui avait donné un coup de main chaque fois que cela lui était possible, c'est-à-dire pendant de longs week-ends ou bien des vacances. Elle n'avait jamais eu l'intention de s'associer véritablement avec lui et, de son côté, son père l'encourageait à réussir sa carrière dans la publicité.

Récemment elle avait profité d'une semaine de congé pour venir lui rendre visite. A cette occasion, elle était allée consulter le médecin de famille pour un bilan de santé. Or ce dernier qui jugeait l'état de santé de Steve Morgan très précaire en avait informé sa fille. Pendant qu'elle était à Atlanta il avait eu une crise cardiaque, et le docteur était catégorique : s'il ne se ménageait pas davantage il courrait le risque d'une rechute. Cette révélation l'avait quelque peu surprise car elle ignorait tout de la maladie de son père. En réalité, Steve Morgan avait fait jurer au médecin de ne rien dire à sa fille, et celui-ci fit promettre à Sally de ne pas lui en souffler mot.

Elle tint sa promesse et n'en parla pas. Cependant elle tenta à plusieurs reprises d'amener la conversation sur ce sujet ; hélas ce fut un échec car Steve évitait soigneusement de se sentir concerné. De toute évidence, il ne se considérait pas comme un malade et en aucun cas n'aurait accepté que sa fille renonce à son métier pour le seconder.

Soudain le regard de Sally se détacha de la photographie. A présent plus rien ne m'empêcherait de travailler avec lui, songea-t-elle, puisque plus rien ne me retient à Atlanta. D'ailleurs si elle rentrait à Key West, elle aurait la possibilité de réfléchir à son avenir tout en assistant efficacement son père qui se tuait à la tâche. Oui, pensat-elle, convaincue, il m'a aidée jusqu'à présent ; maintenant c'est à mon tour de lui rendre service.

Décidée, Sally Morgan appela son père. Quand elle eut raccroché, elle se sentit calme pour la première fois depuis son entrevue avec Shephard et Lustig.

Même si elle avait toujours refusé de l'admettre, le bateau, la mer et le soleil lui manquaient terriblement ; sans parler du plaisir sans cesse renouvelé qu'elle éprouvait à plonger dans les profondeurs de l'océan...

Le cri aigu d'une mouette la tira de ses réflexions. Elle leva la tête et vit l'oiseau disparaître dans la nuit. Sally avait eu raison de rentrer à Key West à ce moment-là, car la condition physique de son père s'était sérieusement dégradée. Il avait maigri, ses forces avaient décliné.

D'office, elle s'était imposée et il ne lui avait opposé aucune résistance. Steve Morgan, ravi de son retour, ne cessait de lui témoigner tendresse et amour.

Chapitre 2

Accoudé au balcon de sa chambre d'hôtel, John Granger contemplait le ciel étoilé. Il aimait la nature et le charme mystérieux de la nuit.

John réfléchissait. Comme souvent, une foule de pensées l'assaillait. Son métier de président de la société Endicorpe l'accaparait tellement qu'il s'était forcé à prendre de grandes vacances afin d'échapper à ses responsabilités. Un peu de recul ne faisait jamais de mal !

Cependant la détente n'était pas l'unique but de ce voyage dans les îles. Passionné de bricolage et de mécanique, il avait mis au point, après des années de recherche, un appareil respiratoire de plongeur, et cette croisière lui permettrait de tester ce nouveau système.

Et puis une autre raison, bien plus importante que la précédente, l'avait incité à partir en mer : son fils, Norman, âgé de dix ans. Pour lui, ce serait une bonne occasion de se rapprocher de cet enfant qu'il aimait mais voyait peu. En effet, à la mort de sa femme, il l'avait inscrit dans un pensionnat ; il n'en était pas très fier, mais à l'époque il n'avait pas eu le choix. Sillonnant le monde pour ses affaires, il avait préféré que son fils fréquente d'autres enfants dans un collège plutôt que d'être élevé en solitaire par un tuteur et une gouvernante. En dehors des vacances scolaires ils étaient rarement ensemble, et un mur se dressait chaque année davantage entre le père et le fils.

Soudain l'image de Sally Morgan lui revint à l'esprit. Il la revoyait sur le quai, lors de leur première rencontre. Le charme qui émanait de cette jeune femme l'avait tout de suite touché. Même si elle lui avait paru vulnérable à ce moment-là, il savait qu'elle ne l'était pas en réalité.

Son visage, hâlé, accentuait la blondeur de ses cheveux dorés par le soleil. Son petit nez droit s'harmonisait bien avec ses pommettes saillantes et son menton arrondi. Sa jolie silhouette élancée n'avait pas non plus échappé à son regard expert. Enfin, lorsqu'elle s'était tournée vers lui, la beauté de ses grands yeux gris-vert l'avait frappé. Il se souvenait même de la douceur de sa main... Mais déjà, il s'efforçait de penser à autre chose quand une voix le tira de sa rêverie.

— Granger ?

John Granger rentra dans sa chambre.

— L'avion atterrit dans une demi-heure. Le taxi sera là dans dix minutes, annonça Aldeman.

— Merci, Stewart, dit-il avec un sourire. A propos, qu'avez-vous donc fait à notre skipper ?

L'homme chauve lança un regard interrogateur à son compagnon.

— Elle ne m'aime pas du tout !

— Je m'en suis aperçu ! Mais pour quelle raison ? Avez-vous obtenu des renseignements ?

— Rien. Je viens de téléphoner au siège. Ils ont vérifié sur l'ordinateur, cette jeune personne n'a jamais travaillé chez nous.

— C'est bizarre.

— Ce le sera bien plus demain lorsqu'elle apprendra qu'en réalité c'est vous le P.-D.G., John Granger !

— Ah, Stewart ! Si vous l'aviez vue sur le quai, elle ressemblait à une déesse. J'ai pu la contempler à loisir avant qu'elle ne remarque ma présence.

Stewart Aldeman, président de la société des produits de beauté Meredith et vice-président d'Endicorpe scruta le visage de son ami et néanmoins supérieur hiérarchique. Lui qui fréquentait John depuis quinze ans pensait bien le connaître. Pourtant ce soir il fut le témoin d'un nouveau phénomène qui méritait d'être noté : depuis qu'il était veuf, c'était la première fois que Granger manifestait autant d'intérêt à l'égard d'une femme. D'ailleurs, trop absorbé par le souvenir de Sally Morgan, Granger ne fit pas attention au regard scrutateur de son ami. Machinalement il lui sourit.

— Je file dans le hall de l'hôtel surveiller le taxi.

— Voulez-vous que je vous accompagne ?

— Merci. Pour nos retrouvailles, Norman préférera m'avoir pour lui tout seul ! Reposez-vous, suggéra John. A tout à l'heure.

— Granger ?

— Oui ?

— Dois-je me renseigner auprès d'une autre agence de voyages au cas où vous souhaiteriez renoncer à la croisière Morgan ?

— Non. Ce doit être amusant d'être piloté par une femme. Et puis cela changera !

Près de la porte il se retourna.

— Essayez d'en savoir plus sur son compte, ajouta-t-il.

Sally jeta un coup d'œil dans le miroir et parut satisfaite de l'image qu'il lui renvoyait. Ce soir elle avait choisi de porter une jupe paysanne en tissu Liberty et un chemisier blanc à manches ballons, légèrement décolleté. Ses cheveux qui retombaient en mèches souples sur ses épaules brunies brillaient à la lumière artificielle. Hormis une touche d'ombre à paupières bleue, elle n'était pas fardée.

Elle se réjouissait de ce dîner en tête à tête avec son père, le dernier avant plusieurs semaines, quand la sonnerie du téléphone retentit. Elle voulut répondre mais son père la devança. Sally haussa les épaules, puis prit sa pochette en toile et cuir. Avant de sortir de sa chambre elle repensa à l'homme séduisant qu'elle venait de rencontrer.

Assurément il lui avait plu, et elle ne savait pas pourquoi. Même Thomas Manning ne lui avait jamais produit un tel effet. Et en définitive, si elle avait accepté de l'emmener en croisière comme prévu, c'était pour deux raisons. Elle n'en avait d'ailleurs pas parlé à son père. Cet homme l'intriguait et elle avait envie d'en découvrir les causes, et puis surtout, même si ce n'était pas évident à admettre, elle souhaitait avoir des nouvelles de l'agence de publicité qui gérait le budget Meredith. Peut-être saurait-elle enfin ce qu'il était advenu de ses idées... ?

La jeune fille soupira, désireuse de chasser ses pensées stériles. Cependant, au fond d'elle-même, persistait la sensation troublante que John Granger avait éveillée cet après-midi en lui saisissant le bras.

Haussant les épaules, Sally quitta sa chambre. Son père n'était pas au salon. Elle l'entendit parler. Il était en communication téléphonique dans son bureau. Doucement, elle pénétra dans la pièce. Steven, debout, lui tournait le dos et s'exprimait d'une voix confidentielle.

— D'accord, à très bientôt, donc !

Puis il raccrocha. La présence de sa fille sembla le surprendre et celle-ci en conclut qu'il n'y avait rien de grave ; il lui cachait simplement quelque chose.

— Qui était-ce ? s'enquit-elle.

— Un nouveau client qui souhaiterait louer un bateau avec l'équipage.

Sally dévisagea longuement son père.

— Et ta promesse ? Tu m'avais juré que tu ne naviguerais pas avant six mois, sauf si ton médecin t'y autorisait ! reprocha-t-elle gentiment.

— Mais, je tiens ma promesse ; car ce nouveau

client attendra que tu sois de retour pour partir en croisière.

Curieusement, les paroles de son père sonnaient faux. Néanmoins elle chassa aussitôt ces pensées absurdes : n'avait-elle pas tendance à surprotéger cet homme fragile ?

— Excuse-moi, sourit-elle. Quelle élégance ! Tourne-toi...

Ravi, Steve effectua un demi-tour, et sa fille arbora un sourire admiratif.

— Hum ! j'aurai du mal à évincer toutes mes rivales, ce soir ! plaisanta-t-elle.

Steve s'inclina vers sa fille et lui offrit son bras.

— Eh bien ! Allons-y ! proposa-t-il... Tu sais, Sally, tu es encore plus belle que ta mère, et ce n'est pas peu dire !

Emue par le compliment de son père, elle tourna son ravissant visage vers lui. Une vague de tendresse l'envahit en croisant ses yeux verts.

— Merci, papa, murmura-t-elle avant de lui poser un baiser sur la joue.

Au cours du dîner, ils parlèrent de tout sauf de la croisière du lendemain. La langouste était délicieuse et le parfait au chocolat exquis. Généralement, Sally ne prenait pas de dessert mais elle n'avait su résister à celui-ci.

De retour chez elle, elle prit un bain chaud, le dernier avant longtemps ; à bord elle n'aurait que de rapides douches à s'offrir.

Après avoir passé en revue la liste de départ, elle remonta son réveil, le régla sur cinq heures puis se glissa dans ses draps. Malheureusement le sommeil ne vint pas tout de suite. Son esprit vagabondait. Le film de la journée s'arrêtait sans cesse sur l'image de cet homme aux yeux turquoise, penché au-dessus d'elle. Un frisson la parcourut. Peu à peu le visage de John Granger s'estompa : elle glissait dans le sommeil.

— Merci d'avoir accepté de venir, monsieur Morgan, déclara Stewart Aldeman en l'invitant à s'asseoir.

Puis il proposa du café et en servit deux tasses.

— Cette rencontre me paraissait également nécessaire, affirma Steve. D'ailleurs si vous ne m'aviez pas appelé, je vous aurais téléphoné. Pourquoi avez-vous caché votre identité à ma fille ? demanda-t-il abruptement.

— C'est justement l'objet de cette visite, précisa-t-il. Vous-même avez été témoin de la scène à l'agence. Granger m'a coupé la parole et il m'était difficile d'agir autrement. A mon avis, il tient à jouer le jeu jusqu'à ce qu'il découvre les causes de l'animosité de votre fille à mon égard.

Steve Morgan hocha doucement la tête. Dès que Sally s'était couchée, il avait été rejoindre Aldeman à l'hôtel de la Marée. Il préférait savoir dans quelle aventure il avait, par inadvertance, lancé sa fille.

— Pour être franc avec vous, j'ignore ce qui lui a pris. Enfin ! Demain ce mystère sera levé !

— Et vous aimeriez savoir pourquoi ma fille a réagi ainsi en vous voyant, avant d'abandonner votre patron entre ses mains !

— Et si nous faisions tomber les atouts?

— Monsieur Aldeman, il ne s'agit pas d'un jeu! lui fit remarquer Steve avec raideur.

— C'est vrai. Vous avez raison. Pardonnez-moi monsieur Morgan, mais ce voyage dans les îles ne ravit personne; pas plus moi que les autres membres du conseil d'administration de la société Endicorpe! Au sein de sa firme, Granger est l'homme clef, et d'une certaine manière il est irremplaçable. Déjà nous déplorions de le voir partir quand vous-même deviez assurer le commandement du bateau. Alors maintenant...

— Maintenant vous avez peur parce qu'il aura ma fille comme skipper! acheva Steve à sa place.

— Pas exactement... Ce qui m'ennuie, c'est l'aversion qu'elle semble éprouver pour John Granger.

— Je comprends. Je vais vous exposer la situation. Mais auparavant, permettez-moi de vous poser une question.

Aldeman acquiesça d'un hochement de la tête.

— Pourquoi vous inquiétez-vous autant pour Granger? Est-ce le sort de ses affaires qui vous préoccupe ou bien s'agit-il d'un problème personnel?

— Personnel...

Avant de poursuivre il posa sa tasse sur la table basse.

— En premier lieu, j'aimerais vous situer brièvement le personnage de Granger.

— Volontiers. Mais c'est curieux que vous

appeliez toujours cet homme par son nom de famille.

— En effet, c'est surprenant mais c'est ainsi. Il y tient car il déteste son prénom. Donc Granger est ce que l'on pourrait appeler un bourreau de travail. Désireux de réussir tout ce qu'il entreprend, il n'hésite pas à passer des jours et des nuits sur un seul problème.

Pendant une dizaine de minutes, Aldeman évoqua la vie de son patron. Une invention au collège avait été déterminante dans la création de sa première société, Endicorpe. En même temps elle avait marqué le début de l'amitié entre les deux hommes bien qu'Aldeman fût de vingt-deux ans son aîné. Ce dernier, fort de son expérience et las de la routine de son métier, avait accepté tout de suite de commercialiser l'appareil que Granger avait mis au point et qui permettait, entre autres possibilités, de suivre du bateau le plongeur en eaux profondes. Grâce à cet ingénieux appareil et à la coopération d'Aldeman, John Granger édifia un vaste empire industriel.

Il menait une existence mouvementée mais normale. Il avait épousé une jeune fille délicieuse avec laquelle il eut un fils, Norman. Malheureusement, atteinte d'un cancer, elle mourut après un long calvaire. Depuis cet épisode dramatique il s'était complètement replié sur son travail.

Quand il eut terminé Aldeman s'adossa à son siège et laissa la parole à Steve Morgan. Ce dernier avait deviné dans les propos de son interlocuteur que d'autres liens que la loyauté l'unissaient au président d'Endicorpe.

— Dès son plus jeune âge, j'ai appris à ma fille à se débrouiller seule et à garder la tête haute face aux problèmes qui surgissaient dans l'existence. Naturellement je ne lui ai rien dit au sujet de Granger car je préférais d'abord m'informer auprès de vous.

A ces mots, Stewart Aldeman poussa un soupir de soulagement.

— Maintenant que vous avez un aperçu de la personnalité de John, peut-être accepterez-vous de m'en dire plus sur votre fille et sur l'animosité qu'elle me voue ?

— A condition que cela reste entre nous.

— Est-ce si important ?

— Comme je l'ai déjà mentionné, j'ai toujours insisté pour qu'elle se défende seule...

— C'est promis, jura Aldeman.

D'un coup d'œil Steve comprit qu'il pouvait parler en toute confiance devant cet homme.

— Ma fille représente ce que j'ai de plus cher au monde. Certes je tenterais l'impossible pour lui épargner des ennuis et la protéger, mais elle s'y opposerait. C'est une femme de tête, vous savez.

Puis il marqua une pause et enchaîna.

— En réalité, elle vous a vu à l'agence de publicité où elle travaillait il y a encore trois mois. Elle était rédactrice et s'occupait exclusivement du budget Meredith...

— Oh !

— Ce qui l'a bouleversée, ce n'est pas tant que

34

l'agence Lustig ait perdu ce client prestigieux, mais que son petit ami se soit servi d'elle. Cette histoire lui a valu un licenciement sans préavis.

— C'est Thomas Manning, le chef de publicité, qui gère la campagne Meredith. Il paraîtrait donc qu'il ait utilisé les idées de votre fille pour parvenir à ses fins ?

— Quelques-unes. D'après ce que j'ai compris, il s'agirait de slogans qu'elle avait mis au point dans la perspective d'un renouvellement de contrat. Naturellement elle en a longuement parlé avec Thomas pour avoir son avis. Elle ignorait que Gates avait des vues sur ce client et son ami s'était bien gardé de le lui révéler.

— Diable ! A présent je conçois qu'elle m'en veuille, mais nous ignorions les dessous de cette histoire. D'ailleurs le contraire n'eût rien changé : nous avons choisi l'agence Gates pour une raison très particulière qui n'a absolument rien à voir avec cette campagne.

— Ma fille n'accuse pas directement la société Endicorpe, j'en suis certain. Mais elle ressent encore une véritable rancœur pour tout ce qui touche à cette affaire.

— A votre avis, en tiendra-t-elle rigueur à Granger ?

— Non. Il lui suffira de connaître la vérité.

— Pourtant, d'une certaine manière, Granger est responsable puisque aucune décision n'est prise au sein du groupe sans son avis. Il faudrait lui en toucher un mot.

Aldeman regarda dans le vide.

— Il ne supporterait pas... S'il savait que

Manning a obtenu Meredith au prix d'une traîtrise, il le mettrait à la porte sur-le-champ.

— Justement, Sally s'y opposerait.

— Monsieur Morgan...

— Appelez-moi Steve.

— Steve, la fin de ce voyage ne se déroulera pas sans problèmes, croyez-moi. Figurez-vous que la dernière escale de l'*Emeraude* servira de décor pour la publicité filmée de nos produits de beauté. Et Granger tient à être sur les lieux ce jour-là, révéla Aldeman.

Steve ne put s'empêcher de sourire. N'entrevoyait-il pas là une possibilité pour sa fille, si profondément affectée par le comportement de Tom, d'assouvir son désir de vengeance ? Cette croisière serait déterminante pour Sally, à présent il en était intimement persuadé. Et elle ne devait pas laisser passer cette chance.

— Je suis sûr que ce contentieux sera résolu bien avant la dernière escale, déclara-t-il à voix basse.

— Puissiez-vous avoir raison ! répondit Aldeman.

— Pas un mot à Granger, surtout ?

— C'est promis, certifia Aldeman.

Steve se leva alors et tendit la main à son interlocuteur.

— Merci.

Peu après, Stewart Aldeman réfléchissait en buvant un second café. Certes il était un homme de parole, il ne révélerait donc rien à Granger, mais il connaissait bien son ami et il appréhendait l'explosion de colère lorsqu'il entendrait le récit de la mésaventure de Sally.

Soudain, il eut une idée. Puisqu'il était tenu par le secret il ne pouvait informer son patron. Mais si Sally Morgan continuait à le considérer comme le fils de Granger, elle n'éprouverait peut-être pas le besoin de tout lui dire...

A présent, songea-t-il, il ne me reste plus qu'à essayer de le convaincre de jouer le jeu.

— Ah ! soupira-t-il. J'ai intérêt à lui trouver un bon prétexte...

Chapitre 3

Quand Sally sortit de chez elle, les premiers rayons du soleil empourpraient le ciel : elle s'immobilisa un instant pour en admirer la beauté. Elle adorait le petit matin. C'était un de ses moments préférés de la journée dont elle aimait goûter la quiétude et la sérénité avant de se laisser emporter par le tourbillon de la vie quotidienne.

La masse sombre du yacht se dessinait sur le ciel. A quai, elle distingua plusieurs caisses destinées vraisemblablement à l'embarquement.

Dès qu'elle se trouva près des colis, quelqu'un alluma la lumière sur le bateau.

— Toby ? appela Sally.

— Oui, m'dame, répondit la voix grave et mélodieuse de Toby Wallace.

Promptement, il se présenta sur le pont.

— Pourquoi ne m'avez-vous pas attendue ? demanda-t-elle quand il eut sauté à terre.

— Ce n'était pas la peine. Le plus gros avait été chargé hier soir. Je pensais pouvoir me débrouiller avec le reste, ajouta-t-il avec un sourire éclatant.

— Toby, gronda Sally, il y a dix ans, vous me rappeliez à l'ordre parce que je ne participais pas aux corvées, et maintenant c'est vous qui effectuez les miennes ! Pourquoi ? Parce que je suis une femme et non plus une adolescente ?

— Non, m'dame, parce que maintenant vous êtes capitaine... et plus simple matelot, répliqua-t-il d'une voix douce.

— Toby, commença Sally d'un ton qui se voulait sévère, nous avons cinq semaines de croisière devant nous ; il y aura du travail, alors ne me compliquez pas la tâche !

Immobile, il la fixait de ses grands yeux noirs quand soudain un sourire illumina son visage tanné par le soleil. Il haussa vaguement les épaules.

— Entendu, capitaine !

Après cette mise au point, Sally poussa un soupir de soulagement. Elle vérifia rapidement les étiquettes des caisses.

— Parfait, rentrons tout cela, déclara-t-elle en s'emparant d'un colis.

Quand le chargement fut en place, Sally et Toby vérifièrent une dernière fois qu'il ne manquait rien à bord. Les trois cabines étaient impeccables, la cuisine luisait de propreté et les placards étaient chargés de victuailles. Le bar avait également été rempli.

Debout à l'avant du bateau, Sally admirait la teinte dorée de l'océan. Elle scruta le ciel. Apparemment la croisière se présentait bien. Il n'y avait qu'une seule ombre au tableau : l'incertitude de ses sentiments...

Il lui restait deux questions à régler, elle le savait. D'abord, se procurer le dernier bulletin météorologique concernant la zone de traversée d'aujourd'hui ; ensuite, se promettre de ne pas se montrer trop agressive à l'égard de John Granger. Et au fond d'elle-même, Sally savait pertinemment qu'elle aurait du mal à se maîtriser.

— Quand arriverons-nous au bateau ? demanda Norman Granger qui venait de fêter ses dix ans.

— Bientôt, assura Aldeman en souriant au jeune garçon qui contenait mal son impatience.

Peu après, l'automobile se garait le long du quai. Granger descendit et ouvrit la portière arrière.

— Attends-moi là un instant, et surtout ne t'éloigne pas.

— Ouiiiii ! promit l'enfant en sautant à quai.

Fasciné, il admira le grand bateau sur lequel il allait naviguer...

— Je n'arrive pas à croire que vos recherches à son sujet n'aient pas abouti, déclara John Granger, son regard bleu posé sur son associé.

— J'en suis le premier navré, déclara Aldeman après une brève hésitation, mais permettez-moi de vous faire une suggestion... Vous souhaitez que tout se déroule dans les meilleures conditions pour vous et votre fils, n'est-ce pas ?

— Naturellement, répondit John étonné.

— Alors un conseil : laissez croire à Mlle Morgan que je suis votre père. Prenez du bon temps, détendez-vous, vous en avez besoin. Ainsi vous apprendrez très vite la cause de son animosité à votre égard... pardon, à mon égard. Ensuite ce sera un jeu d'enfant de rectifier la vérité !

— Rien n'est moins sûr, décréta John, évasivement. Stewart, je n'ai pas joué ce genre de tour depuis ma tendre enfance et je n'ai pas l'intention de recommencer aujourd'hui !

— Granger, acceptez pour Norman, ce serait la moindre des choses.

John Granger dévisagea son ami avant de répondre. Il hocha imperceptiblement la tête.

— Merci, murmura Aldeman.

— Merci, répondit Granger en serrant la main de son associé. Restez-vous pour assister au départ de l'*Emeraude ?*

— Non. Il vaut mieux, je crois, que Mlle Morgan ne me revoie pas ! Vous me passerez un coup de fil de la Martinique !

— Si je ne vous téléphone pas avant ! observa Granger avec un grand sourire.

— Désolé, mais les secrétaires ont reçu des ordres très stricts à ce sujet : ne me passer aucune communication du grand patron pendant au moins trois semaines. Vous êtes en vacances, ne l'oubliez pas.

— Ouiiii ! répliqua Granger en imitant parfaitement la voix de son fils.

Il sortit les bagages du coffre puis fit signe à Norman de le suivre. Il dirigea ses pas vers le yacht où se trouvait la femme qui avait hanté ses rêves la nuit dernière.

De son côté, Sally s'efforçait de garder son calme en contemplant le paysage, mais rien ne parvenait à apaiser sa nervosité. A quoi bon laisser le passé resurgir et empiéter sur ma vie présente ? Oublie les produits Meredith, oublie la publicité, se dit-elle en portant à ses lèvres la tasse de café tiède.

Haussant les épaules, elle pivota et son regard erra sur le quai. Elle aperçut aussitôt John Granger qui s'avançait vers elle. La sensation que son cœur cessait de battre l'étreignit à nouveau. Elle l'observa tandis qu'il s'approchait du bateau.

Malgré le fardeau qu'il portait, il se déplaçait d'une démarche souple et athlétique, avec la grâce naturelle d'un fauve. Ses cheveux noirs brillaient au soleil du matin et son visage légèrement hâlé lui parut encore plus beau que la veille. Quand enfin elle se résolut à détacher son regard de cet homme, elle remarqua l'enfant qui sautait près de lui. La présence d'un jeune garçon ne la surprit guère car ils étaient souvent nombreux à flâner sur le port en quête de rêves et d'aventures, à guetter les allées et venues des bateaux.

En revanche, elle s'étonna de l'absence de M. Granger père. A moitié apaisée, elle émit un soupir, puis descendit la passerelle pour accueillir son passager. Pourvu que John Granger ne tarde pas, songea-t-elle : elle craignait que le changement de marée ne les empêche de prendre le large.

— Toby ! appela Sally.

42

Promptement, le second apparut sur le pont.

— Nos passagers arrivent, annonça-t-elle.

Toby acquiesça et descendit chercher les bagages que Granger venait de déposer.

— Bonjour, monsieur Granger !

Elle lui tendit la main.

— Bonjour, répondit-il en lui retournant son sourire.

Au contact de cette main elle fut comme électrisée. Ils se regardèrent un long moment, jusqu'à ce qu'elle se décide à retirer sa main de la sienne.

— Et votre père ? s'enquit-elle une fois remise de ses émotions.

— Mon père ne pourra malheureusement pas être des nôtres. Il a été retenu par une affaire d'extrême urgence. Mais tout n'est pas perdu : c'est mon fils qui va prendre sa place !

— Votre fils ! répéta-t-elle sourdement.

Elle se retourna et détailla le jeune garçon qu'elle avait aperçu peu avant.

— John Granger III ? plaisanta-t-elle pour dissimuler sa surprise.

Cette révélation inattendue provoqua une vive déception. Mais elle maîtriserait l'attirance irrésistible qui la poussait vers cet homme !

— Il s'appelle Norman, répliqua Granger.

Il la dévisageait. Une fraction de seconde, il avait cru percevoir dans ses yeux verts une curieuse lueur. Etait-ce dû à l'absence de Stewart ? s'interrogea-t-il. Mais très vite il chassa ces pensées et interpella son fils. En souriant, il fit les présentations.

— Je suis ravie de vous accueillir à bord,
Norman, répondit-elle en lui serrant la main.

La force de sa poigne et la vivacité de son
regard la frappèrent. Il a les mêmes yeux que son
père, nota-t-elle.

— Avez-vous déjà fait de la plongée ?

— Non, mais papa doit m'apprendre, assura-
t-il avec sérieux.

— Très bien. Si vous êtes d'accord, je pourrais
aussi vous aider.

— Avec plaisir, répondit l'enfant, enchanté.

Sally décocha un clin d'œil à Norman puis se
tourna vers le yacht. Toby était à bord ; elle
invita l'enfant à l'y rejoindre. Comme elle le
suivait du regard, elle sentit John Granger s'approcher d'elle. Sa présence semblait provoquer
un halo de lumière douce qui l'enveloppait
comme une caresse...

— Etes-vous dans les affaires avec votre père ?
demanda-t-elle en lui jetant un coup d'œil en
biais.

— Oui, je m'initie, répondit John Granger.

Il était conscient du laconisme de sa réponse,
lui qui détestait mentir ! Pourtant il n'était pas
loin de la vérité. Grâce à sa solide expérience,
Stewart Aldeman ne continuait-il pas de lui
apprendre les ficelles de ce métier où les requins
ne manquent pas !

— Eh bien ! dit-elle, si nous n'attendons plus
personne, je propose que vous montiez à bord
vous installer.

— Vous ne venez pas ? s'enquit-il, un sourcil
arqué.

44

— J'arrive ! Je m'absente le temps de prévenir mon père que nous partons.

— Que nous levons l'ancre !

— Que nous levons l'ancre ? répéta-t-elle étonnée.

— Oui, n'est-ce pas ainsi que l'on parle dans la marine ?

— Vous allez naviguer sur un bateau de plaisance et non sur un bâtiment de guerre, répliqua-t-elle sans pouvoir s'empêcher de sourire.

— Puisque vous semblez plus détendue, j'accepte d'embarquer, commenta Granger sans la quitter des yeux.

Le sourire de Sally flotta sur ses lèvres roses ; un frisson la parcourut.

Anxieuse de rompre le charme envoûtant de son regard, elle murmura :

— A tout de suite.

Calme-toi ! Ce n'est qu'un homme, pensait-elle en marchant vers le bureau de son père. Il te suffira de ne pas trop le regarder...

Elle inspira profondément avant de pénétrer dans le bureau de l'agence. Elle sourit à son père, installé à sa table de travail.

— Prête, je présume ?

— Tout juste, répliqua-t-elle.

— Prends bien garde à toi.

— Toi aussi, papa. Attention, si j'ai de mauvaises nouvelles...

Steve Morgan se leva et en guise de réplique il prit sa fille dans ses bras. Il l'embrassa sur la joue et lui donna une tape amicale.

— Bon voyage.

— Nous nous reverrons dans cinq semaines !
Tu m'accompagnes ?

— Bien sûr ! Jamais je n'ai manqué un départ
de bateau. Oh !

Il s'approcha de son bureau et prit une enve-
loppe.

— J'allais oublier cette liste de colis. C'est
pour Granger quand vous accosterez à Nassau.

Bras dessus bras dessous ils se dirigèrent vers
l'*Emeraude*.

L'air vif de l'Atlantique caressait le visage de
Sally qui, debout, dirigeait le bateau au milieu de
l'océan. Le soleil de plomb était presque au
zénith, constata-t-elle en regardant son compas.
D'après ses prévisions, ils accosteraient à Nassau
dans quelques heures.

Ce début de croisière se déroulait agréablement. Sally naviguait à une allure ralentie pour
permettre aux passagers de s'acclimater. En ce
moment, Toby préparait le repas dans la cuisine
tandis que les deux Granger se détendaient sur le
pont avant. Ils bavardaient gaiement. Maintenant, Sally savait qu'elle devait être doublement
vigilante.

Le fait d'apprendre que Granger était marié
n'avait en rien diminué l'attirance qu'elle éprouvait pour lui.

A plusieurs reprises, il l'avait surprise perdue
dans la contemplation de son visage, et à chaque
fois elle s'était empourprée. Heureusement, de sa
place, il lui était impossible de remarquer son
trouble.

46

Cinq semaines de traversée lui paraissaient une éternité. Il faut à tout prix que je fasse quelque chose, se dit-elle, mais quoi ?

— Le déjeuner est prêt, capitaine, annonça Toby en s'approchant du cockpit.

— En ce qui me concerne je déjeunerai ici. Apportez-moi une assiette, vous serez gentil.

— Vous ne voulez pas que je vous relaye pendant que vous descendez prendre votre repas ?

La voix de Toby lui parut subitement bizarre. Elle l'observa du coin de l'œil. Sa mine lui déplut.

— Qu'est-ce qui ne va pas, Toby ?

— Rien. J'ai eu une grippe intestinale la semaine dernière mais je suis complètement guéri, assura-t-il.

— On ne dirait pas...

Avant qu'il n'ait eu le temps de répondre, elle enchaîna.

— Enfin merci, mais je préfère déjeuner ici. Un sandwich me suffira.

L'homme à la peau cuivrée acquiesça d'un hochement de tête et descendit l'échelle des cabines.

Quand il réapparut peu après, une assiette de crudités à la main, il lui sembla encore plus mal en point.

— Toby, insista-t-elle, allez vous allonger un moment. Il y a de l'aspirine dans la trousse d'urgence. Prenez-en deux.

— Bien, capitaine.

Tout en savourant ce repas froid, Sally, comme

souvent en mer, laissait vagabonder son esprit. Quel plaisir de se retrouver pratiquement seule au monde, sans personne pour vous observer ou critiquer votre conduite...

Perdue dans ses réflexions, elle n'entendit pas Granger s'approcher d'elle. Quand il lui adressa la parole elle sursauta.

— Je sollicite la permission de parler au capitaine de ce bateau, déclara John, les deux pieds joints et le corps raide.

Sally le dévisagea en riant.

— Permission accordée... à une condition !

— Laquelle ?

— Par pitié, épargnez-moi les conversations nautiques !

— Entendu, répondit-il en soutenant son regard. Dites-moi, vous ne quittez jamais la barre ?

— Je suis là pour ça, riposta-t-elle.

— Moi qui croyais que ce genre de yacht était équipé d'un pilote automatique !

— Vous avez raison.

— Alors ?

— Je prends mon travail très au sérieux, monsieur Granger...

— Appelez-moi Granger.

— Pourquoi pas John ?

— Je déteste ce prénom.

— Compris, Granger. Et moi je n'aime pas abandonner mon bateau au gré des vagues. Vous n'imaginez sans doute pas les surprises que l'océan réserve, au moment où l'on s'y attend le moins.

— Message enregistré !

Il aimait le ton sur lequel elle s'adressait à lui, tout comme la véhémence de ses propos qui donnait un éclat particulier à son ravissant visage. Ses yeux, alors, brillaient de défi.

— Dans combien de temps atteindrons-nous la première escale ?

— Une heure, une heure et demie. Votre fils devait être fou d'impatience à l'idée de partir en croisière.

A ces mots, Granger jeta un coup d'œil machinal vers les cabines où Norman bavardait avec Toby. Puis son regard se posa sur Sally.

— Et comment ! Nous avons si rarement l'occasion d'être ensemble !

— Je suppose que le fait de travailler avec votre père entraîne des heures supplémentaires.

Elle parlait en connaissance de cause.

— Dans mon cas, cela ne change pas grand-chose. Dans le vôtre en revanche, oui.

— C'est vrai.

Sally s'efforçait de ne pas penser aux mauvais souvenirs de sa vie professionnelle quand Granger s'étonna :

— Pourquoi détestez-vous mon père ? Il prétend ne vous avoir jamais vue auparavant !

De justesse Sally se retint. Pour le bon déroulement de cette croisière, il valait mieux qu'elle se taise. Elle ne pouvait pas se permettre de tout gâcher.

— Je suis désolée de ne pouvoir vous répondre, mais c'est personnel, commenta-t-elle, l'air guindé.

Granger haussa les sourcils puis s'appuya au bastingage. Un moment il resta silencieux, le temps de permettre à sa compagne de se détendre avant de poursuivre.

Décidément cette jeune femme l'intriguait. Il la désirait tout en se méfiant d'elle. Pourquoi diable haïssait-elle John Granger sans que lui-même en ait la moindre idée ?

— Vous savez, reprit-il en contemplant la surface veloutée de la mer, je ne pensais vraiment pas me retrouver un jour dans les affaires. Au départ mes projets étaient tout autres.

Pendant qu'il parlait Sally examinait sa silhouette et son profil. Son corps musclé était moulé dans un pantalon de toile claire dont elle avait du mal à détacher son regard. Soudain elle fixa un point devant elle.

— Alors pourquoi ne les avez-vous pas réalisés ?

— Question de circonstances. Vous-même, avez-vous toujours suivi les traces de votre père ? questionna-t-il en pivotant pour capter son regard.

— Non. Et je pourrais vous faire la même réponse, dit-elle avec un demi-sourire.

— Vous êtes très évasive...

— C'est une affaire...

— ... personnelle, acheva-t-il à sa place.

Il se redressa et plongea son regard dans le sien.

— Ecoutez, capitaine Morgan, nous sommes amenés à passer cinq semaines dans un espace réduit. J'essayais simplement d'être courtois.

50

Certes, je sais que vous détestez mon père mais j'osais espérer que vous feriez la part des choses.

Décontenancée, Sally le fixa à son tour. N'avait-il pas raison ? D'autant qu'à son encontre, elle n'éprouvait aucune rancœur.

— Je suis dés...

Sa phrase fut interrompue par un cri.

Norman surgit sur le pont. Granger le regarda avec anxiété. L'enfant paraissait effectivement bouleversé.

— C'est To... Toby, balbutia-t-il, ému. Il s'est trouvé mal et il est tombé.

Aussitôt Sally coupa le moteur et descendit précipitamment l'échelle des cabines, John et Norman Granger sur ses talons. En effet Toby gisait au milieu de la cuisine, sans connaissance. La jeune fille s'agenouilla et lui toucha le front. Il était brûlant. John Granger s'accroupit de l'autre côté du malade.

— Aidez-moi, nous allons l'installer sur une couchette, suggéra-t-elle.

Ensemble, ils le transportèrent dans sa cabine. Quand Sally revint avec un gant mouillé à la main, Toby ouvrit les yeux.

A la vue de ses prunelles brillantes, elle eut un pressentiment.

— Mon ventre, marmonna-t-il d'une voix rauque.

Sally jeta un regard angoissé à Granger puis à Toby qui s'était de nouveau évanoui. Elle vit alors Granger relever le tee-shirt du second et lui palper le ventre. Après ce rapide examen, l'homme d'affaires se redressa, grommela un juron.

— Il s'agit vraisemblablement d'une crise d'appendicite, annonça-t-il discrètement à Sally. Sommes-nous encore loin de Nassau ?

— Une heure environ en forçant le moteur.

Elle sortit des glaçons du frigidaire, les enveloppa dans une poche en plastique qu'elle glissa dans un gant, puis l'apporta au malade.

— Conservez ce sac sur le ventre : le froid apaisera la douleur. Je vais prévenir l'ambulance par radio.

Au moment de quitter la cabine, elle sentit le regard inquiet du petit garçon peser sur elle. Elle s'immobilisa et glissa en arrière une mèche de ses cheveux rebelles.

— Ne vous inquiétez pas. Toby sera bien soigné, affirma-t-elle en tentant d'être convaincante malgré elle.

Prestement la jeune fille regagna le pont, et poussa le moteur à fond après avoir lancé un appel de détresse.

Quand elle aperçut le gyrophare de l'ambulance qui stationnait à quai, elle éprouva un soulagement intense car peu de temps auparavant Granger venait de lui annoncer que l'état de Toby se détériorait et qu'il commençait à délirer sérieusement.

Dieu soit loué ! Tout est arrangé, songea-t-elle. Les papiers du bateau, les pièces d'identité, tout était prêt pour les douaniers particulièrement

52

pointilleux. Comme elle souhaitait accompagner Toby à l'hôpital elle avait tout préparé d'avance.

— Mouillage dix-sept, *Emeraude*, allez-y, annonça une voix d'homme à la radio.

— Mouillage dix-sept, message enregistré, répondit l'*Emeraude*.

Puis la jeune fille reposa le microphone.

— Envoyez l'amarre avant ! criait-elle peu après à Granger qui déjà avait lancé la corde à l'homme qui attendait à quai.

Elle coupa le moteur, mit les documents sous son bras, et s'apprêta à quitter le pont. Au même instant, deux infirmiers porteurs d'une civière se présentèrent pour emmener le malade. Le temps qu'elle remette les documents à la police, son second était débarqué à terre. Quand elle demanda à l'homme en uniforme si elle pouvait l'accompagner il la dévisagea un instant. Sally crut qu'il allait lui refuser cette requête.

— A votre retour vous passerez à mon bureau retirer vos papiers, se contenta-t-il de lui dire.

— Merci, répondit-elle.

Elle se tourna vers Granger mais il ne lui laissa même pas le temps de s'exprimer. Il fit un signe de compréhension.

— Nous vous attendons ici, déclara-t-il.

Balbutiant des remerciements, elle s'engouffra dans l'ambulance qui démarra en trombe.

Pendant le trajet qui sans être long lui parut interminable, elle tint la main de Toby. Pourvu qu'ils arrivent à temps, ne cessait-elle d'espérer. L'infirmier qui l'avait examiné n'avait fait aucun commentaire ; elle ne savait pas à quoi s'en tenir.

Dans la cour de l'hôpital, Toby Wallace fut aussitôt dirigé vers le service des urgences. A la réception Sally achevait de remplir les formulaires d'admission quand un homme vêtu de la tenue verte des chirurgiens l'interpella.

— Mademoiselle Morgan ?

— Oui.

— Docteur Carlson.

— Comment va Toby Wallace ? questionna-t-elle anxieuse.

— Il est mal en point. Il faut l'opérer d'urgence : il souffre d'une appendicite aiguë.

— Qu'attendez-vous, docteur ?

— Il nous manque l'autorisation d'opérer.

— Rédigez-la vous-même, souffla-t-elle spontanément.

— Je...

Il paraissait nerveux.

— Etes-vous membre de sa famille ?

En d'autres circonstances elle lui aurait déjà fait part de son indignation devant cet entêtement inhumain, quand soudain elle comprit où il voulait en venir.

— Non, je ne suis que son employeur...

— Le règlement de l'hôpital est formel. Pas d'opération sans autorisation d'un membre de la famille...

— Je pourrais peut-être signer au nom de sa mère ? proposa-t-elle à l'homme qui parut aussitôt soulagé.

— D'accord, approuva-t-il en lui tendant un formulaire à parapher. Je suis désolé mais le règlement...

54

— Sauvez-le, c'est tout ce qui m'importe.

Le Dr Carlson tenta alors de la rassurer.

— Ne vous inquiétez pas. De toute façon il fallait le préparer pour l'intervention. Madame James, dit-il à l'infirmière qui réglait les questions administratives.

Il lui remit l'autorisation en bonne et due forme.

— Vous introduirez Mlle Morgan dans la salle d'attente, je vous prie !

Peu après, le docteur réapparut. Sally avait patienté en buvant café sur café.

— Tout va bien. Il a échappé de justesse à la péritonite.

— Merci, docteur, murmura-t-elle.

— Je vous en prie, et... ne m'en veuillez pas pour l'absurdité de ce règlement !

— C'est normal. Quand pourrais-je le voir ?

— Pour le moment il est en salle de réanimation. Je pense qu'il ne se réveillera pas avant demain matin. Pouvez-vous revenir ?

— Bien sûr, mais j'aimerais lui rendre une petite visite, maintenant... Ensuite j'irai prendre les dispositions nécessaires afin de le rapatrier à Key West, ajouta-t-elle sans le quitter des yeux.

— Pas plus de cinq minutes.

— C'est promis.

— Mais je tiens à vous avertir tout de suite, mademoiselle Morgan : M. Wallace ne pourra pas sortir avant une semaine. Il faut lui éviter tout risque de complications.

Sally acquiesça d'un hochement de tête et suivit le chirurgien dans le bloc opératoire.

Doucement, elle s'approcha du malade qui semblait dormir paisiblement. La jeune fille lui prit la main et la garda quelques instants dans la sienne. Puis elle se tourna vers le médecin.

— Merci encore, dit-elle.

A l'adresse de son second, elle ajouta :

— A demain, Toby.

De la réception, elle téléphona à son père pour le prévenir. Lorsqu'elle raccrocha elle se sentit mieux, bien qu'inquiète quant à l'avenir de cette croisière qui paraissait compromis. Son père lui avait proposé un remplaçant, mais le seul disponible à l'heure actuelle manquait d'expérience et, de surcroît, ne savait pas cuisiner. Elle promit à Steve Morgan de le rappeler le soir même après en avoir discuté avec John Granger.

Elle décida de regagner l'*Emeraude* à pied. En chemin, elle s'arrêta au bureau des douanes afin d'y retirer ses papiers, puis au poste de police du port où elle contresigna l'autorisation de rester au port.

Lorsqu'elle en sortit, les événements de la journée lui revinrent à l'esprit. Un instant Sally s'immobilisa pour respirer l'air iodé. Le soleil était couché depuis longtemps. Dans le ciel noir les étoiles brillaient magnifiquement. Le regard fixé sur la mer sombre, elle s'interrogea sur la suite des événements. Fataliste, elle haussa vite les épaules et reprit sa marche en direction de la marina. Le port de plaisance était joliment éclairé par les lanternes des bateaux. De loin elle repéra l'*Emeraude* à son allure royale. Il tanguait imperceptiblement au rythme des vaguelettes.

En grimpant à bord elle ressentit une véritable bouffée de soulagement après cette longue et pénible journée.

— Comment allez-vous ? questionna John Granger qui se tenait dans la pénombre, sur le pont arrière du yacht.

Vivement, elle se retourna et distingua sa silhouette, adossée au bastingage.

— Bien, répondit-elle.

— Et Toby ?

— C'était bien l'appendicite. Il a été opéré. Maintenant il semble être hors de danger.

— Alors tout est parfait !

— C'est vite dit ! Où est Norman ?

— Au lit. Il est plus de dix heures et il n'est pas habitué à l'air du large. Dites-moi donc ce qui vous contrarie...

— Toby doit rester à l'hôpital une bonne semaine. Ensuite il repartira à Key West en convalescence.

— Il vaut mieux cela !

Consciente de la maladresse de ses propos, elle rougit.

— Excusez-moi, ce n'est pas ce que je voulais dire. La vie de ce garçon passe avant tout, bien évidemment ! En attendant nous serons bloqués ici le temps que je trouve un remplaçant... ce qui risque de prendre plusieurs jours dans le meilleur des cas !

Tout en parlant, elle s'était approchée de lui,

si près qu'elle put détailler son beau visage. Visiblement il paraissait soucieux.

— Je sais cuisiner et je suis prêt à vous seconder, déclara-t-il à voix basse.

— Je... balbutia-t-elle, stupidement.

Qu'il lui fasse, lui, une telle proposition la laissait pantois.

— Par égard pour Norman.

— Je n'ai pas le choix, dit-il. Norman serait tellement déçu si nous devions écourter nos vacances... Je tiens à faire cette croisière, malgré tout.

Incrédule, elle regardait fixement ses beaux yeux turquoise.

— Vous me prenez au dépourvu, commença-t-elle avec hésitation. Après tout, vous avez payé pour être servi et non le contraire !

— Cela n'a aucune importance. Pensons à Norman...

— Je...

— La nuit porte conseil ! Vous me donnerez votre réponse demain matin, dit-il en lui prenant gentiment la main.

Pour une fois, loin de la troubler, ce geste lui procura enfin une agréable impression de sécurité qu'elle n'avait pas ressentie depuis le malaise de Toby. Lentement, elle hocha la tête en signe de connivence.

Alors Granger lâcha sa main et sourit.

— Avez-vous dîné ?

— Non, mais je n'ai pas faim.

— Il reste un sandwich dans le frigidaire.

Venez, ordonna-t-il en lui prenant d'autorité le bras pour la guider dans la cuisine.

Debout sur le pont avant, John Granger réfléchissait. Absorbé par ses pensées il regardait le ciel sans le voir. Il désirait tant que ces vacances ne soient pas brusquement interrompues ! Les moments privilégiés qu'il passait avec son fils étaient si rares ! S'il renonçait à ce projet, Norman en souffrirait. Et puis, à force de contretemps ne finiraient-ils pas par devenir étrangers l'un à l'autre ? John Granger voulait à tout prix éviter une mésentente avec le seul être cher qui lui restait.

Et Sally Morgan ? se dit-il. Pourquoi lui plaisait-elle tant ? Il revit ses yeux lumineux, la perfection de son teint, l'extrême féminité de ses gestes... Décidément, il ne manquait pas d'excellentes raisons pour continuer ce voyage...

Il quitta le pont, descendit l'échelle qui menait aux cabines, s'assura que son fils dormait, avant d'aller s'allonger sur sa couchette. Un long moment, il lutta pour chasser de son esprit l'image de Sally Morgan.

Réveillée par les rayons du soleil qui filtraient à travers le hublot, Sally se frotta les yeux. Elle promenait autour d'elle un regard étonné quand elle aperçut le réveil. Il était sept heures ! Vivement elle rejeta ses draps et soupira. Comment avait-elle réussi à dormir aussi tard ? se demanda-t-elle. Depuis son retour en Floride elle avait pris l'habitude de se lever aux aurores.

Soudain, une odeur alléchante de bacon grillé se répandit dans sa cabine. Bondissant hors du lit, elle enfila un pantalon blanc et un polo, puis se brossa vaguement les cheveux pour avoir l'air présentable. Elle aurait volontiers pris une douche mais hier, après les événements de la journée, elle avait oublié de brancher la réserve d'eau. C'est stupide, se dit-elle en s'enfermant dans la minuscule salle de bains pour faire un brin de toilette. Quand elle pénétra dans la cuisine, John et Norman Granger paraissaient très affairés.

— Bonjour ! dirent-ils en chœur.

— Bonjour ! Je suis désolée de ne pas m'être réveillée plus tôt. Ah ! Il faut que j'ouvre l'eau...

— C'est fait, affirma John. Je m'en suis occupé hier soir. Prenez donc tranquillement votre petit déjeuner !

— Bien...

De toute façon, elle n'avait rien à redire et elle ne pouvait décemment pas aller vérifier si le branchement était correct sans offenser Granger. Résignée, elle s'assit.

Granger se tenait près de la cuisinière. Il fit signe à Norman qui vint se poster à ses côtés. L'enfant apporta un bol de café noir qu'il offrit à Sally.

Le café était trop fort à son goût ; elle faillit grimacer.

— J'espère que vous aimez l'omelette, déclara Granger.

— Oui, oui, répondit-elle en souhaitant que la nourriture soit mangeable.

Sally l'observait pendant qu'il s'activait aux

60

fourneaux. Tandis que le bacon, déjà cuit, était tenu au chaud sur un coin du feu, Granger cassa trois œufs qu'il battit énergiquement à la fourchette avant de les verser avec précaution dans une poêle chaude où frémissait une grosse noix de beurre.

Il portait un blue-jean et un chandail qui soulignaient ses formes viriles. Au moment où il se retournait vers elle, elle baissa les yeux. Il se montra cérémonieux :

— Dans trois minutes, madame sera servie.

Elle gratifia John d'un beau sourire et fit un clin d'œil à Norman.

— Avez-vous bien dormi ? demanda-t-elle à l'enfant.

— Merveilleusement ! C'est la première fois que je dors à bord d'un bateau.

— Tant mieux.

— Je me prenais pour le capitaine Barbe-bleue !...

— Barbenoire ! rectifièrent les deux adultes à l'unisson.

Ils se regardèrent et éclatèrent de rire.

— Quelle différence y a-t-il ? s'enquit Norman.

— Barbenoire était célèbre à travers les océans, expliqua Granger, pour ses actes de piraterie...

— Barbe-bleue, lui, volait plutôt le cœur des femmes, précisa Sally.

Puis ils gardèrent le silence quelques instants, conscients du magnétisme qui les rapprochait. Finalement, comme pour échapper à ce climat envoûtant, Granger se tourna vers les plaques chauffantes.

— Eh bien, je vais jouer au pirate, dit l'enfant.

— Vous avez raison. C'est un jeu très amusant. Quand j'étais petite je passais des heures à y jouer, raconta Sally.

— C'est vrai ? s'enquit-il, les yeux écarquillés.

— Vrai ! A votre âge, mon père m'emmenait souvent sur son bateau et je me déguisais en capitaine Crochet. Il m'avait même taillé un couteau en bois. Je ne m'ennuyais pas une seconde.

— Vous y jouiez fréquemment ? insista l'enfant.

— Pratiquement tout le temps.

— Quelle chance, marmonna Norman.

En cet instant elle crut déceler une lueur de regret dans les yeux clairs du petit garçon.

— C'est prêt ! annonça John. Au travail, Norman !

Il porta une assiette qu'il déposa devant Sally, tandis que son père disposait les deux autres sur la petite table. Bien élevé, Norman prit sa fourchette à la main et attendit que Sally commençât.

— Quel plat appétissant ! commenta-t-elle.

Elle admira la qualité de la cuisson avant de goûter l'omelette. Elle était exquise. Arquant les sourcils, elle gratifia le cuisinier d'un sourire.

A la fin du repas, Granger se leva.

— Un peu plus de café ? proposa-t-il.

— Non merci, pas maintenant.

Il se rassit.

62

— D'accord, dit-il d'une voix légèrement tendue. Eh bien ?

— Oui, eh bien ? répéta Norman.

— Que voulez-vous dire ? questionna-t-elle, intriguée par la mine déconfite de ses deux passagers.

— Le petit déjeuner vous convenait-il ? Sommes-nous à la hauteur pour occuper le poste de second ?

Sally Morgan feignit de se concentrer.

— Le café mis à part, ce petit déjeuner était parfait ! Je vous recrute tous les deux !

— Youpee ! s'écria Norman fou de joie.

— Merci, dit Granger.

— Je n'avais pas d'autre choix, n'est-ce pas ? murmura-t-elle, amusée.

— Je m'en doutais bien, répliqua-t-il avec sérieux.

— Ah ! Une chose simplement...

— Tout ce que vous voudrez !

— Dorénavant vous me laisserez préparer le café !

— Moi qui croyais l'avoir réussi...

Devant son air déconfit, elle changea de conversation.

— Le matériel de plongée doit être livré au port ?

— Non, il faut d'abord que je vérifie l'état des colis et ensuite je le ferai déposer à bord. Quel est votre programme aujourd'hui ?

— Rendre visite à Toby.

— Dans ces conditions nous nous rencontrerons peut-être à son chevet. Avant je vais emmener Norman faire le tour de l'île. Vous nous accompagnez ?

— Pas cette fois, si je veux que tout soit prêt pour le grand départ.

— Sally, merci encore d'avoir accepté de poursuivre le voyage.

— Je vous en prie, répondit-elle d'une voix très professionnelle.

Sous le jet chaud, elle éprouva une impression de bien-être et se rinça voluptueusement. L'étroitesse des lieux ne la dérangeait pas. Elle noua une serviette de bain autour de son corps. John et Norman avaient quitté le bord une demi-heure auparavant. Dès leur départ, Sally s'était empressée de vérifier le branchement électrique de la douche ; tout était normal, avait-elle constaté. Puis après s'être préparé une tasse de café frais, elle n'avait pas pu résister à l'envie de prendre une douche.

Quand elle eut enfilé un short beige et un polo blanc, elle brossa ses cheveux. Puis elle les fixa au bas de la nuque avec une grosse barrette en écaille.

Peu après, elle remontait sur le pont où elle étendit le drap de bain humide, s'assit tranquillement au soleil et goûta un moment de répit.

Elle ne savait pas très bien pourquoi elle avait accepté la proposition de Granger. L'attirance qu'elle éprouvait pour lui était évidente mais peut-être pas suffisante ? Avait-elle accepté à cause du petit garçon ? Elle pensa à ses grands yeux bleus, écarquillés, tandis qu'elle évoquait des souvenirs d'enfance. Elle avait cru y deviner une lueur de tristesse, très émouvante.

Et puis John ne lui avait-il pas laissé entendre qu'une bonne relation avec son fils dépendait de ce voyage dans les îles ? Il lui avait alors paru si sincère...

— Quoi qu'il en soit, marmonna-t-elle, seule sur le pont arrière, les dés sont jetés.

A présent il n'était plus question pour elle de revenir en arrière...

En proie, tout de même, à quelques doutes, elle s'empara de son sac en toile qu'elle glissa en bandoulière et descendit à quai.

D'un pas tranquille elle se dirigea vers l'hôpital.

Chapitre 4

John Granger négocia le virage comme s'il avait toujours conduit à gauche. Ce détail échappa à Norman, fasciné par le paysage. Son père lui lança un regard de biais et sourit. C'était bon d'être avec lui, loin de la pression épuisante des affaires, et de se détendre agréablement sous le soleil des tropiques...

Après avoir vérifié son matériel de plongée, il avait donné des instructions pour qu'il soit livré à bord de l'*Emeraude*. Ensuite, il s'était rendu à l'hôpital avec son fils. Avant de rendre visite à Toby, Granger avait demandé à voir le médecin afin de s'assurer que leur passage ne fatiguerait pas le malade.

Bien qu'affaibli, Toby se montra jovial ; il sourit à pleines dents quand Norman lui annonça que son père et lui le remplaçaient comme second à bord du yacht. Au moment de se séparer Toby prit la main de Granger.

— Veillez bien sur Mlle Morgan, murmura-t-il.

A ces mots, le père et le fils hochèrent spontanément la tête. Puis ils sortirent pour permettre à l'opéré de se reposer avant l'arrivée de Sally Morgan.

— Que c'est beau ! s'exclama l'enfant, ébloui à la vue d'une plage de sable blanc.

— Veux-tu te promener au bord de la mer ?

— Oh ! Oui !

Granger gara son véhicule sur le bas-côté de la route. Aussitôt, il enleva ses tennis.

— Tes chaussures, Norman !

Quand il fut déchaussé, l'enfant glissa sa main dans celle de son père.

Granger contemplait l'eau turquoise. Il s'efforçait de se détendre. Il désirait profiter pleinement de cette journée comme des semaines à venir. Déjà, en quarante-huit heures, il ne s'était jamais senti aussi proche de son fils.

— Papa ?

— Oui ?

— Sally est vraiment gentille, tu ne trouves pas ?

Granger s'immobilisa puis se tourna vers l'enfant.

— Oui, très gentille.

— Je ne savais pas qu'il existait des femmes skippers !

— Norman, les femmes peuvent exercer n'importe quel métier, tu sais... Comme les hommes.

— Moi je croyais que les hommes et les femmes étaient différents.

Granger réfléchit un court instant. Il devait se montrer prudent dans sa réponse, se dit-il.

— D'une certaine manière, oui. Par exemple

physiquement ou bien dans leur façon de se vêtir. En revanche sur le plan intellectuel, nous sommes... égaux. Comprends-tu ce que je veux dire ?

— Je crois, répondit pensivement Norman. En somme on a l'air différent des femmes mais dans le fond nous sommes pareils...

— Exactement.

— Est-ce que je peux me mouiller les pieds ?

— Naturellement.

Granger lâcha la main de son fils et le suivit des yeux. Après avoir pataugé dans l'eau jusqu'aux genoux, Norman se pencha et parut observer le fond sablonneux avec intérêt.

« Sally est vraiment très gentille, tu ne trouves pas ? »

Les paroles de Norman firent sourire Granger. Mais, subitement, il déchanta à l'idée que son fils puisse deviner les sentiments qu'il nourrissait à l'égard du capitaine Morgan. Elle était séduisante... non, bien plus encore. Quoi qu'il en soit il n'avait cessé de penser à elle depuis leur rencontre. Tout de suite il l'avait désirée... De surcroît, elle l'intriguait ; que reprochait-elle à John Granger ?

— Je ne me donne pas longtemps pour éclaircir ce mystère, marmonna-t-il.

Puis il jeta un coup d'œil à son bracelet-montre qui indiquait midi passé et rappela son fils.

Après déjeuner, il vérifierait le matériel déposé à bord de façon à disposer de l'après-midi pour faire visiter l'autre partie de l'île à Norman.

Dès qu'elle eut terminé son repas, Sally sortit du petit restaurant du port. Il devait être trois heures, se dit-elle, en observant la position du soleil. John et Norman Granger se trouvaient-ils à bord de l'*Emeraude* en ce moment ou poursuivaient-ils leur exploration ?

— Je ne vais pas tarder à le savoir, dit-elle à voix haute, en longeant le quai de la marina.

Apparemment, le pont était désert. Toutefois quelqu'un était passé par là puisqu'il y avait deux caisses ouvertes en vue.

Elles contenaient du matériel de plongée. Mais dans l'une d'elles, les bouteilles d'oxygène étaient plus petites. Le tube flexible qui permettait de respirer comportait en son centre une petite boîte noire munie d'un compteur digital.

Elle ne s'attarda pas plus longtemps sur le pont. Dans la cuisine, il y avait un message, signé Granger. Ils seraient de retour vers quatre heures, indiquait-il.

Cette nouvelle lui procura une légère déception. Pour la dissiper, Sally remonta sur le pont avant où elle s'installa afin d'étudier tranquillement les cartes marines. Quand elle eut sélectionné les endroits propices à la plongée, elle les replia et ferma les yeux.

Presque aussitôt, le visage de John Granger lui apparut clairement. Ses yeux perçants la dévisageaient et sa bouche parfaitement dessinée lui souriait. Sally battit des paupières pour chasser cette vision obsédante. Ça suffit ! se dit-elle, bien décidée à réagir...

Tout à coup, ce fut la révélation. Non seulement Granger l'attirait mais il y avait autre chose, de plus profond. Cela venait-il de sa manière de parler : ce mélange d'autorité et de douceur qui lui plaisait tant ? Ou encore sa façon de la regarder, qui l'hypnotisait littéralement ?

Son père avait beau posséder la société des produits de beauté Meredith et être président-directeur général d'Endicorpe, le fils n'en était pas moins charmant... Dommage qu'il fût marié ! soupira-t-elle.

Soudain une pensée lui effleura l'esprit. Non ! se dit-elle d'autorité. Non !... Cependant, elle se sentait revivre. Comme si toutes ses blessures s'étaient enfin cicatrisées.

Elle se leva. Il fallait à tout prix qu'elle marche pour se changer les idées. Mais ce projet fut contrarié par l'arrivée de Granger et de son fils. Décemment, elle ne pouvait pas s'éclipser sous leurs yeux.

— Sally ! cria Norman en courant pour monter à bord. Regardez !

Il exhiba un chapeau de pirate et un sabre en plastique.

— Capitaine Barbenoire, je présume, dit-elle en riant.

— Oui, matelot ! répondit l'enfant en brandissant son sabre.

— C'est gentil d'être passé voir Toby, Granger.

— Nous l'avons fait avec plaisir.

L'intensité de son regard la troubla. La gorge nouée, elle humecta du bout de sa langue ses lèvres sèches.

— La matinée s'est bien passée ?

— Très bien. Et pour vous ?

— Parfaitement, merci. J'ai établi le programme de plongée. Si vous souhaitez en prendre connaissance...

— Excuse-moi, papa, intervint Norman.

— Qu'y a-t-il ?

— Est-ce que je peux descendre dans ma cabine ?

— Tu n'es pas malade au moins ?

— Non, j'aimerais simplement m'allonger un moment.

— Norman, tu es...

— Sincèrement, papa, je vais très bien, protesta l'enfant.

Sally qui l'observait lui sourit. A la façon dont il tenait son déguisement serré contre lui elle comprit.

— D'accord, dit le père, mais si tu ne te sens pas bien, appelle-moi.

— Promis. Merci, papa.

Norman tournait les talons quand Sally l'interpella.

— Je vous prête ma cabine, proposa-t-elle.

Comme l'enfant la dévisageait avec étonnement elle le rassura d'un clin d'œil complice.

— C'est plus spacieux pour... se reposer !

— Merci ! répéta l'enfant.

Sally éclata de rire sous l'œil sidéré de Granger.

— Quelque chose m'a échappé, murmura-t-il.

— Figurez-vous qu'il a tout bonnement l'intention de jouer... au pirate !

— Mais il aurait très bien pu s'amuser ici !

— Notre présence l'aurait empêché de donner

libre cours à son imagination. Ne vous inquiétez pas, tous les enfants sont pareils !

— Comment le savez-vous ?

— Je suis passée par là, pas vous ?

Devant son expression, Sally s'interrogea.

— Parfois j'ai vraiment l'impression de n'avoir pas eu d'enfance, déclara-t-il à voix basse.

Mais aussitôt, l'air jovial, il se dirigea vers l'échelle des cabines.

— Désirez-vous boire quelque chose ?

— Je m'en occupe, assura-t-elle en le suivant à la cuisine. Que voulez-vous ?

— Un whisky avec de l'eau plate.

Elle sortit des glaçons, versa un peu d'alcool dans un verre, ajouta de l'eau et le lui tendit.

— Vous ne prenez rien ?

— Si, un Coca-Cola...

Elle se servit.

— Sally, je...

L'air soudain solennel de son interlocuteur l'intrigua. Qu'allait-il lui annoncer ?

— Cet après-midi, j'ai pris une initiative... En réservant une table dans le meilleur restaurant du port. J'espère que vous acceptez mon invitation !

— Je...

Elle allait le faire, spontanément, quand les cris de Norman lui rappelèrent subitement qu'il était marié. Granger outrepassait ses droits !

— Votre femme n'apprécierait sûrement pas beaucoup que je sorte avec vous, monsieur Granger, déclara-t-elle avec raideur. Il serait préféra-

72

ble, dorénavant, de revenir à des relations plus... justes.

Pendant une fraction de seconde, ce qu'elle crut lire dans son regard la dérouta. Ses yeux avaient pris une nuance plus sombre ; son visage s'était crispé. Elle, qui s'attendait à une réaction très vive de sa part, était stupéfaite de le voir ainsi.

Finalement, elle rompit ce silence pesant.

— John Granger, parmi les gens que vous fréquentez, les liens du mariage ne sont pas toujours sacrés, je le sais, mais moi j'ai été élevée différemment.

— Et je vous en félicite, dit-il d'une voix détendue.

Puis il ébaucha un sourire.

— Sally, nous nous connaissons si peu, et...

Granger se tut. Il comprit en cet instant précis qu'il devait lui avouer la vérité.

— Sally, je suis veuf depuis cinq ans.

Sidérée, il lui fallut quelques instants pour mesurer la signification de ce propos. Jamais elle n'aurait envisagé cette hypothèse. Dans un élan de sincérité elle balbutia des excuses.

— Je suis désolée d'avoir été aussi stupide.

— Surtout pas ; vous n'étiez pas censée le savoir. Par ailleurs, je comprends parfaitement votre réaction. Mais c'est de l'histoire ancienne... J'espère qu'à présent plus rien ne vous empêche de refuser mon invitation...

— Détrompez-vous. D'une part, je n'ai rien d'habillé pour sortir le soir ; d'autre part, il n'est pas question de laisser Norman seul à bord.

— Quel âge avez-vous ?

— Vingt-quatre ans. Pourquoi ?

Il sourit.

— Comment diable pouvez-vous invoquer de tels prétextes ? Heureusement que vous me le rappelez : je n'avais pas du tout songé à Norman. Quel égoïste !

— Mais non ! Simplement, l'habitude vous manque. A-t-il une gouvernante ?

— En été, seulement. Pendant le reste de l'année il est en pension.

— Ah ! je comprends...

— Accepteriez-vous de me rendre un service ?

— Si je peux...

— J'ai une course urgente à faire. Pendant ce temps auriez-vous la gentillesse de le surveiller ?

— Avec plaisir, répondit-elle en souriant.

Granger posa son verre à moitié vide, décocha un beau sourire à Sally puis s'éclipsa.

Après son départ, Sally soupira. Elle but une longue gorgée de Coca-Cola et s'installa sur sa couchette. Seule, elle tenta d'analyser ses propres réactions. Très vite, elle se rendit compte qu'elle s'était méprise au sujet de son passager. Veuf, son comportement prenait une tout autre signification.

Et maintenant ? Elle s'interrogeait quand Norman fit irruption dans la cuisine.

— Sally, où se trouve mon père ?

— Il est sorti. Puis-je vous être utile ?

— Je... je voulais proposer à papa de jouer avec moi...

— Je le remplacerais volontiers. S'il vous est égal de partager vos jeux avec une femme.

— Il n'y a que le physique qui change, affirmat-il.

— Comment ?

— Qu'est-ce qui vous choque ?

— Rien... mais je serais curieuse d'en savoir plus.

Assis à côté d'elle, il lui rapporta mot pour mot la conversation qu'il avait eue avec son père. Quand il eut terminé, Sally souriait : la personnalité de John Granger se précisait...

— Merci pour vos explications. Dans ces conditions, plus rien ne nous empêche de nous amuser... capitaine Barbenoire !

Le soleil, à demi couché, éclaboussait le ciel et l'océan de teintes pastel, camaïeux de rose, de bleu et d'orangé. Même les nuages duveteux prenaient des couleurs irisées. L'astre répandait son voile doré sur la nature, suscitant ainsi une impression de paix et de sérénité.

Sally poussa un long soupir et leva le nez de sa carte pour contempler l'embrasement du ciel. Cependant, la beauté du paysage la laissa indifférente ; tristement, elle secoua la tête.

Après avoir joué un moment avec Norman elle avait remisé le matériel de plongée puis, installée sur le pont arrière, elle avait consulté à nouveau les cartes marines. Mais son attention, inlassablement, dérivait vers John.

Elle ne pouvait lutter contre un déferlement d'émotions contradictoires. A quoi bon tenter de se le cacher ? Il valait mieux être lucide. L'assurance et la suffisance de cet homme l'avaient agacée. Malgré tout, l'envie qu'elle avait de se plier à ses moindres désirs la taraudait et l'obligeait à se tenir sur la défensive.

Elle aurait bien aimé le détester comme elle détestait son père, mais c'était plus fort qu'elle, elle en était incapable. Elle le connaissait à peine et, pourtant, elle était consciente d'un lien mystérieux et solide qui les attirait profondément l'un vers l'autre.

Soudain, elle étouffa un rire. Sur quoi se fondait-elle pour croire qu'elle plaisait à cet homme ?... Mais son sourire s'effaça rapidement : cette certitude, elle l'avait ressentie au plus profond d'elle-même. Hélas ! Le séduisant Granger ne partagerait sa vie que le temps d'une croisière. Accaparés par les affaires, les hommes comme lui n'avaient guère de temps à consacrer à leur vie affective.

Le souvenir de leur première rencontre la poursuivait. Elle revoyait avec netteté sa silhouette imposante, son regard pénétrant, et le magnétisme qui émanait de sa personne la troublait encore. Certes, elle avait l'étrange impression de se comporter comme une adolescente ; mais c'était plus fort qu'elle.

— Sally, voilà papa ! cria Norman du pont avant.

Elle releva la tête et aperçut l'enfant qui observait le quai à l'aide de jumelles. Elle suivit la direction de son regard. A la vue de Granger, son cœur battit plus fort ; puis un pincement de

76

jalousie l'étreignit. Une femme marchait à ses côtés.

Lorsqu'ils s'approchèrent Sally fut étonnée ; la personne qui accompagnait Granger était âgée d'une cinquantaine d'années. Des cheveux blancs soulignaient la teinte cuivrée de son teint. Intriguée, elle feignit pourtant l'indifférence en se replongeant dans l'étude des cartes marines.

A peine étaient-ils montés à bord qu'elle tendit l'oreille pour surprendre leur conversation. Mais le bruit d'un moteur couvrit leurs voix.

— C'est beau, n'est-ce pas ?

La voix de John et son souffle qui effleura ses cheveux la firent tressaillir. Sous prétexte de l'éviter à tout prix elle ne l'avait même pas entendu approcher. Gênée, elle lui jeta un regard interrogateur.

— Le coucher de soleil, précisa-t-il.

— Oui, murmura-t-elle d'une voix fluette.

Elle ne le quittait pas des yeux et son cœur battait à tout rompre.

— Vous aussi vous êtes belle, ajouta-t-il d'une voix à peine audible.

Un frisson la parcourut. Elle se redressa et marcha jusqu'au bastingage.

— Sally...

De peur de trahir son émoi, elle garda quelques instants le regard fixé sur la mer émeraude. Puis elle se tourna vers lui.

— Granger, si vous souhaitez jeter un coup d'œil sur le programme de plongée, il est prêt... Pour Norman j'ai repéré quelques endroits...

— Parfait ! Nous en reparlerons au moment du dîner, si vous le voulez bien.

— Je croyais que ce projet était tombé à l'eau !

— C'est vous qui en avez décidé ainsi, rappela-t-il souriant.

— Pourtant les problèmes restent les mêmes !

— Détrompez-vous. Mme Simpson est venue exprès pour s'occuper de Norman ce soir...

— Mais je suis là ! riposta-t-elle vivement.

Au même instant elle aperçut l'enfant et la dame de compagnie qui discutaient avec entrain. Norman lui montrait sa tenue de pirate.

— J'ai envie de dîner avec vous, Sally, dit Granger à voix basse mais avec fermeté.

Elle détourna son regard du garçonnet pour le poser sur son père. Et, soudain, elle riposta :

— Ma garde-robe n'a pas changé depuis tout à l'heure !

— Vraiment ?

Quand il lui tendit le paquet imposant, elle contempla, sidérée, l'emballage à fleurs.

— Que m'avez-vous apporté ?

— Une robe !

— Comment avez-vous osé ! Je suis assez grande, me semble-t-il, pour faire mes achats moi-même. Que croyez-vous ? Qu'il vous suffise de claquer vos doigts ou... de m'offrir une robe pour que...

Elle s'interrompit brusquement, mais ne put résister à l'envie d'ajouter :

— Je me demande quel genre de femme vous avez l'habitude de fréquenter !

Les bras croisés sur la poitrine, elle contempla

le couchant. Cette fois, peu lui importait qu'il s'agisse d'un client ; il dépassait les bornes.

— Sally, murmura-t-il en s'approchant d'elle.

Le calme de Granger apaisa aussitôt sa colère.

— Ecoutez, vous avez mal réagi à ce cadeau et j'en suis navré. Je vous avais prise au mot, tout simplement.

— Pardon ?

— Oui. Vous avez refusé mon invitation en invoquant la présence de Norman, puis la simplicité de votre garde-robe. J'ai eu la chance de pouvoir trouver facilement des solutions...

Sally fit volte-face et le dévisagea. Décidément, quelle décontraction !

— Granger, reprit-elle après une profonde inspiration, j'ignore ce que vous cherchez. Je ne suis pas une de vos employées en quête de promotion ou d'augmentation. Je vous rappelle que vous avez loué nos services pour faire une croisière agrémentée de plongée sous-marine, et non pour m'inviter au restaurant à la première occasion.

— Sally, c'est la dernière soirée que nous passerons dans un port avant un bon bout de temps et j'aurais aimé en profiter pour égayer ma solitude en votre compagnie.

Touchée par la spontanéité de ses propos, elle lui adressa un signe d'assentiment. Puis elle tendit la main pour recevoir le cadeau de Granger.

— C'est d'accord, confirma-t-elle. A condition que cette robe m'aille... et...

Elle le regarda droit dans les yeux.

— ... que le prix soit déduit de vos frais de croisière, Granger.

Un moment, il soutint son regard. Finalement, résigné, il inclina la tête et sourit.

— Entendu, capitaine.

— Merci.

Dans son esprit, elle se fixa tout de suite une ligne de conduite ; ils dîneraient ensemble, un point c'est tout. Elle marqua une courte pause avant de le questionner.

— Et Norman, que va-t-il manger ?

— Tout est réglé ! En principe il ira au restaurant avec Mme Simpson, c'est plus simple. A présent il nous reste un dernier point à résoudre : lequel de nous deux prend une douche le premier ?

— Le capitaine quitte toujours son navire le dernier, railla-t-elle gentiment. C'est une règle qui ne souffre pas d'exception !

— Dans ce cas...

Sally s'enferma dans sa cabine et posa le paquet sur sa couchette. Avait-elle eu raison d'accepter ?

Pour toute réponse elle ouvrit l'emballage, écarta le papier de soie, retint un cri d'admiration lorsqu'elle déplia la robe pour la mettre devant elle. Elle était splendide ! Sally admira la fluidité et le chatoiement de la soie bleu marine. Puis elle jeta un coup d'œil sur l'étiquette. Décidément John Granger était parfait ; il avait même deviné sa taille ! Au fond de la poche, elle découvrit un paquet plus petit qu'elle s'empressa d'ouvrir. Il contenait un châle assorti à la robe. Quel homme prévoyant !

Au moment de quitter sa cabine pour monter voir Mme Simpson et lui expliquer l'agencement du yacht, elle entendit la porte de la douche se fermer.

Une heure après, Sally achevait de se maquiller les yeux. Elle jeta un regard amusé au miroir fixé contre la porte de sa cabine et tourbillonna. Le tissu soyeux glissait sur sa peau hâlée. La robe tombait parfaitement. Les bretelles croisées sur le dos dégageaient ses jolies épaules ; cintré à la taille, le corsage blousait légèrement et soulignait les formes harmonieuses de son corps. A hauteur du genou, la jupe s'évasait.

Elle enfila une paire de sandales dorées.

Tandis qu'elle contemplait l'image que lui renvoyait le miroir, une pensée s'imposa. Après ces mois de colère, de pitié, de désir de vengeance, le moment n'était-il pas venu de se renouveler ? N'était-ce pas ridicule d'en vouloir encore à John Granger, alors qu'elle se laissait séduire par son fils ? En réalité elle n'avait rien à reprocher au président d'Endicorpe et Meredith ; il n'était pas responsable de sa mésaventure. Le traître c'était bien Thomas Manning, et il mériterait une bonne leçon ! Comment ? Avec résignation, elle chassa l'idée d'une revanche. A quoi bon ressasser le passé ? L'affaire était définitivement classée...

Sally prit une profonde inspiration, tourna la poignée de la porte et sortit de sa cabine d'un pas décidé.

Dès qu'il fut prêt John Granger se rendit à la cuisine où il se servit un whisky avant de monter sur le pont. Norman était parti dîner avec Mme Simpson ; la soirée promettait d'être sublime.

Dans le ciel nocturne, la lune brillait comme un énorme diamant. De temps à autre, le bruit sec d'un poisson qui sautait hors de l'eau troublait le silence et rappelait à John combien il était loin de son travail.

Il s'interrogea en pensant au regard que Sally lui avait lancé en acceptant la robe. Comment pouvait-il être si profondément troublé par une femme qui, visiblement, le détestait ?

Il comptait sur cette soirée pour éclaircir certains mystères et découvrir la raison de son hostilité. Cependant, John Granger savait pertinemment qu'une autre raison, plus profonde, l'avait poussé à l'inviter en terrain neutre. En effet, à bord de l'*Emeraude,* Sally Morgan était maîtresse des lieux et... de la situation. Or, pour se sentir sur un pied d'égalité avec elle il avait besoin dé se placer en dehors de ce domaine réservé.

Il but une gorgée de whisky et pensa à la soirée qui l'attendait. Jusqu'à présent, tout s'était déroulé de façon inattendue. Sa rencontre avec Sally l'avait transformé... Son regard erra sur la marina, se posant sur l'un ou l'autre voilier ancrés au loin. La quiétude de la nuit à laquelle il aspirait et dont il avait tant besoin l'apaisa comme un baume.

— Bonsoir, murmura Sally Morgan.

John Granger se retourna et lui lança un regard admiratif.

— Vous êtes superbe, commenta-t-il d'une voix légèrement troublée.

— Vous aussi, répondit-elle spontanément.

Il paraissait encore plus séduisant dans son élégant costume sombre qui soulignait la sveltesse de son corps athlétique. Une chemise de soie blanche accentuait le hâle qui, en deux jours de soleil, lui avait donné une mine resplendissante. Un nœud papillon achevait de parfaire sa tenue de soirée. Mais son regard retint particulièrement l'attention de la jeune femme. Le bleu de ses prunelles lui sembla plus clair que d'habitude.

— Cette robe vous plaît ? s'enquit John.

Sa voix la tira de cette étrange fascination.

— Infiniment. Merci.

Elle s'efforçait de respirer normalement.

— Eh bien ! Allons-y, proposa-t-il en lui prenant résolument le bras.

A nouveau, elle fut sensible au magnétisme qui les réunissait.

A la musique douce qui flottait dans l'air se mêlaient des murmures et des rires feutrés. Les lumières multicolores des bateaux ancrés dans la marina bougeaient imperceptiblement, et le chatoiement de la lune accentuait le romantisme de la nuit.

Deux heures s'étaient écoulées quand elle commença à se détendre et à apprécier le charme de Granger.

Elle l'observait discrètement tandis qu'il buvait une gorgée de vin blanc. Même ce geste banal la fascinait. Déjà lorsqu'elle s'était approchée de lui sur le pont elle l'avait trouvé irrésistiblement séduisant dans son smoking, et son cœur s'était mis à battre très fort. Quand il s'était tourné vers elle, Sally avait dû se maîtriser afin de ne pas se trahir.

Au restaurant, le maître d'hôtel les avait accueillis chaleureusement ; il avait même nommé Granger par son nom. Puis les avait guidés vers la terrasse où la meilleure table, avec vue sur le port, leur avait été réservée.

Tous les regards s'étaient tournés vers eux. Et, bien qu'ayant traversé la salle la tête haute, Sally s'était sentie mal à l'aise, intimidée par sa première apparition publique aux côtés de Granger.

En guise d'apéritif il avait commandé une bouteille de graves qui était délicieux comme elle avait pu en juger à la première gorgée.

— Ce vin me fait penser à vous, avait-il murmuré après l'avoir goûté.

— A moi ?

— Oui.

Il avait souri en hochant la tête.

— Il est... surprenant.

— On m'a attribué bien des qualificatifs mais jamais celui-là.

— Et pourtant...

Sous son regard pénétrant elle avait frissonné et bu une gorgée de vin de Bordeaux pour se donner une contenance.

Puis, comme si de rien n'était, il avait examiné

avec attention le menu avant de conseiller savamment sa compagne.

Le dîner s'était déroulé sans précipitation. Ils avaient eu le temps de déguster le bordeaux blanc lorsqu'on leur servit un assortiment de coquillages dont Sally avait apprécié la préparation raffinée. Ensuite, vinrent les langoustes grillées, accompagnées d'une sauce exquise aux herbes fraîches.

Tout en savourant le dîner, Granger lui posa une foule de questions, sans doute destinées à la mettre à l'aise : elle lui en fut reconnaissante.

— Comment trouvez-vous l'espadon ? demanda-t-il soudain.

Un instant Sally le dévisagea. Et, en guise de réponse, elle piqua un morceau de poisson sur sa fourchette et le lui tendit.

Granger sourit. Il se pencha vers elle, accepta cette bouchée si gentiment offerte, effleura son poignet.

— Il est délicieux, merci. Etes-vous toujours aussi réservée ? questionna-t-il.

— On m'a appris qu'il ne fallait pas parler la bouche pleine.

— Mâcher la bouche ouverte...

— Egalement, plaisanta-t-elle.

— Sally...

— Oui, pressa-t-elle.

— Merci de votre gentillesse à l'égard de Norman...

En réalité il aurait souhaité lui dire autre chose mais le courage lui manquait, il en avait parfaitement conscience.

— C'est tout à fait normal !

Comme le serveur s'approchait pour emplir leurs verres, Granger s'interrompit. Mais quand le jeune homme se fut éloigné une certaine tension vint alourdir l'atmosphère.

Sally s'efforça de lever ce voile. Souriante elle le regarda dans les yeux.

— Je parierais que vous avez déjà dîné dans ce restaurant !

— En effet. C'est le meilleur et le plus agréable à mon goût. Les autres sont trop touristiques. A une époque, je fréquentais beaucoup les Caraïbes... pour faire de la plongée et nous ne manquions pas de faire une halte gastronomique à l'Ile d'Or...

Une ombre passa sur son visage. Mais il ne tarda pas à se ressaisir.

— Et vous ? enchaîna-t-il avec entrain. Je parie que vous connaissez la carte par cœur !

— Pas du tout ! Vous savez, il m'arrive rarement d'aller au restaurant avec mes clients. En général ce sont leurs vacances, pas les miennes.

— Dommage pour eux...

Puis Granger baissa les yeux et se remit à manger. Quant à Sally, elle dut se forcer pour terminer son poisson dont la chair lui parut subitement fade.

Après le dîner, pendant que le serveur débarrassait avant le café, il y eut du remue-ménage sur la terrasse. L'orchestre qui jouait dans la salle s'installa dehors, sur une piste de danse.

Quelques couples se levèrent aux premières mesures.

Les accords mélodieux d'un air langoureux emplirent l'air et Granger observa Sally par-dessus le bord de son verre. Elle lui parut en cet instant particulièrement désirable. Des lampions diffusaient une lumière douce. L'envie de se rapprocher d'elle et de la prendre dans ses bras devenait insupportable. Mais c'était trop tôt, il le savait. En dépit d'une certaine décontraction elle se tenait encore sur la défensive, et il se refusait à tout gâcher. Mais qu'ai-je donc fait de si abominable pour qu'elle m'en veuille autant ? ne cessait-il de se demander.

— Sally...

La jeune fille tourna la tête vers son compagnon et ses yeux brillants se posèrent sur lui. Sous l'intensité de son regard, Granger se troubla.

— M'accorderez-vous cette danse ?

Il la caressa du regard jusqu'à ce qu'il obtienne un signe d'assentiment. Ensemble, ils se levèrent et se dirigèrent vers la piste de danse. Là, il la prit dans ses bras et la tint proche de lui. Avec aisance ils évoluaient au rythme de la musique.

Dès les premiers pas, une douce chaleur envahit la jeune femme. Pour dissimuler son émoi elle enfouit sa tête au creux de son épaule. Il dansait merveilleusement bien. A chaque frôlement de leurs corps elle sentait les muscles de son torse et de ses cuisses vibrer contre les siennes. Quand la musique s'arrêta, elle redressa la tête et le dévisagea.

— Vous dansez bien, murmura-t-il d'une voix rauque.

— Merci.

Elle esquissa un pas pour regagner la table. Il la retint.

— Non !

Déjà l'orchestre entamait le morceau suivant. Cette fois, quand elle posa sa tête contre l'épaule de son cavalier il l'en empêcha, chercha son regard. Alors, comme hypnotisés, ils dansèrent sans se quitter des yeux. Très vite, Sally perdit dans les bras de Granger la notion du temps. La vie lui parut d'une merveilleuse simplicité et elle s'abandonna aux charmes de cette soirée que la présence de Granger rendait exceptionnelle.

Quand l'orchestre égrena les dernières mesures, elle entendit son compagnon murmurer :

— C'est fini...

Il la regarda. Vaguement oppressé, il tenta d'oublier le contact de ce corps brûlant qui avait éveillé en lui un désir ardent. Mais les lèvres brillantes de sa compagne lui lançaient comme un appel et, subitement, il comprit qu'il ne la laisserait pas lui échapper.

Sally ne désirait pas non plus rompre leur intimité. Elle leva ses yeux lumineux vers lui. Fascinée, elle le vit pencher la tête vers elle.

Quand il s'empara des lèvres qu'elle lui offrait, son corps tout entier s'embrasa, comme jamais auparavant. De délicieuses sensations la parcoururent. Blottie dans ses bras, elle sentit un halo de sensualité l'envelopper et, les lèvres entrouvertes, quémanda un autre baiser. Plus rien alors n'exista que le désir qui courait sous sa peau. Soudain, elle ouvrit les yeux et retrouva sa lucidité. Dans un sursaut de volonté elle s'arracha aux bras virils de Granger et s'écarta de lui, les joues carminées, la poitrine palpitante.

— Sally, murmura-t-il d'une voix ferme, empreinte de désir.

— Je vous en prie, Granger...

Leurs regards s'affrontèrent. Le corps enfiévré par cette étreinte ardente, elle craignit alors de perdre tout sang-froid. Désespérément, elle chercha un moyen de rompre le charme magique qui l'envoûtait.

— Demain nous devons partir aux aurores! rappela-t-elle.

— C'est vrai...

Sally perçut une pointe de réticence dans la brièveté de sa réponse. D'un mouvement de tête, il désigna la table vers laquelle il l'entraîna. Puis d'un signe de la main il se fit apporter l'addition. Peu après ils rentraient à pied.

Le long du quai, drapée dans un silence profond, et feignant de s'abstraire du magnétisme qui les entourait, elle tentait de comprendre ce qui s'était passé.

Dès le premier baiser de Granger plus rien n'avait compté pour elle; déjà, elle rêvait de se laisser de nouveau transporter... Qu'elle ait ainsi pris goût à ses caresses l'affolait complètement. Elle l'observa du coin de l'œil. Il avançait, le regard perdu dans la nuit, le visage grave.

Le quai était désert. Au pied de la passerelle, Sally se tourna vers son compagnon.

— Granger, ne pensez pas de mal de moi...

— Nous avons tous deux éprouvé le même désir.

Un sourire tendre se forma sur ses lèvres pleines. Il leva la main et caressa sa joue.

— Sally, quelque chose d'extraordinaire s'est produit entre nous...

Elle le regarda fixement, le temps de comprendre le sens de ses paroles. Forcée alors de reconnaître qu'il avait raison, elle hocha imperceptiblement la tête.

— J'aurais une question à vous poser, commença-t-il.

Il effleura son menton et sa main glissa sur son épaule. Prenant son silence pour un consentement, il demanda :

— Pourquoi détestez-vous mon père ?

Sally se raidit puis s'efforça de se détendre. Parfaitement consciente du contact de sa main chaude sur sa peau nue, elle savait que l'heure de vérité était arrivée.

— Je ne le déteste pas, assura-t-elle d'une voix traînante.

Devant l'incrédulité qu'exprimait le visage de Granger elle sourit.

— Evidemment, ma réaction face à votre père vous a sûrement prouvé le contraire, et pourtant c'est vrai. Je ne le connaissais même pas. En réalité, je me suis retrouvée un beau matin dans une situation pénible et j'ai eu besoin d'un bouc émissaire...

Elle s'étonna de sa propre franchise.

— Peut-être, mais vous n'avez pas répondu à ma question.

De toute évidence, cette réponse ne satisfaisait pas la curiosité de Granger.

— Je vous en prie, Granger, nous en reparlerons une autre fois. Je ne voudrais pas gâcher cette soirée... si charmante, murmura-t-elle, en posant furtivement sa bouche sur la sienne.

Soudain un vacarme de voix et de rires éclata à l'autre bout du quai ; Sally s'écarta vivement de Granger.

Ensemble, ils se retournèrent et regardèrent passer les noctambules qui appréciaient visiblement la joie de vivre sous les tropiques.

Quand ils furent à nouveau seuls, Granger plongea son regard dans le sien.

— Sally, moi aussi, j'ai quelque chose à vous dire, murmura-t-il.

Mais sa compagne l'interrompit aussitôt.

— Pas maintenant, voulez-vous ? insista-t-elle.

Un long moment, il garda les yeux rivés sur le visage de Sally, puis il émit un profond soupir. Résigné, il dodelina de la tête. Il lui faudrait attendre, de toute façon, pour lui révéler sa véritable identité...

— Si nous libérions cette brave Mme Simpson ? proposa-t-il.

— Cela me paraît une excellente idée !

Granger glissa son bras sous le sien et la guida vers l'intimité du yacht.

Chapitre 5

L'imperceptible balancement de l'*Emeraude* contribua à apaiser la confusion qui régnait dans l'esprit de Sally. Accoudée au bastingage du pont arrière, elle attendait Granger. Mme Simpson était rentrée chez elle et John était descendu voir son fils.

Qu'est-ce que j'attends sur ce pont ? s'interrogea-t-elle. Je devrais être couchée à cette heure !

Mais quand elle se remémora l'étreinte brûlante de Granger ses jambes refusèrent d'avancer. L'ardeur dévorante de son baiser l'avait bouleversée. Dans ses bras, une onde de désir l'avait assaillie et cet émoi ne lui avait sans doute pas échappé.

Oui ! admit-elle en silence en repensant à la réflexion de Granger, il s'était véritablement produit quelque chose d'extraordinaire entre eux...

— Il dort profondément, annonça-t-il en s'approchant d'un pas tranquille.

— Le contraire m'aurait étonnée, dit-elle.

Elle scruta dans la nuit étoilée le ciel sans nuages.

— A son âge, je tombais de sommeil après une journée en mer.

— Vous avez eu de la chance, murmura-t-il en détaillant sa silhouette qui se découpait de profil dans la pénombre.

Son désir se réveilla aussitôt et il sut qu'il allait de nouveau la prendre dans ses bras.

— De la chance ? répéta-t-elle. Oui, je crois, en effet.

Elle s'efforça de soutenir son regard. Mais son sourire se figea. Toute parole devenait vaine. La bouche sèche, elle lut dans ses yeux le reflet de son trouble.

— Granger... Je...

— Chut !

Il approcha ses lèvres des siennes. Leurs bouches se fondirent et ils s'enlacèrent tendrement. Le rythme de son cœur s'affola. Elle ne pensait plus qu'au feu du désir qui courait dans ses veines. Dans son égarement, elle mêla ses doigts fébriles à sa chevelure noire.

— Sally, murmura-t-il contre son oreille. Oh ! Sally ! répéta-t-il en s'emparant à nouveau de ses lèvres dont il goûtait la douceur extrême.

Tout à coup, submergée par le tumulte de ses sens elle se sentit faiblir. Comment pouvait-elle lui résister ? D'ailleurs, se demanda-t-elle aussitôt, le voulait-elle réellement ? De tout son corps, elle désirait ardemment cet homme, elle ne le niait pas. Le corps tremblant, elle se blottit dans ses bras. Leurs baisers brûlants s'accompagnaient de caresses pressantes qui la faisaient vaciller.

Quand, ivre d'attouchements, elle crut défaillir, John Granger s'écarta de sa compagne. Alors, elle ouvrit les yeux et plongea son regard dans le sien.

— J'ai besoin de vous, Sally.

Sans mot dire, elle lui prit la main et l'entraîna vers l'échelle des cabines. Devant sa porte, elle se tourna vers lui et le fixa avec intensité.

— Moi aussi j'ai besoin de vous, Granger.

Sans lui accorder le temps de réagir, elle ouvrait la porte et pénétrait à l'intérieur de la petite pièce.

La lampe jaune du plafonnier diffusait une lumière douce. Faute de place, la cabine de Sally était très sobrement aménagée : entre les deux hublots se trouvait la couchette, et face au divan, une commode de marin encastrée dans le mur. Meubles et boiseries, en acajou, donnaient à la chambre une tonalité cuivrée, très agréable.

Consciente d'être arrivée à un point de non-retour, subitement nerveuse, elle leva la tête vers Granger ; il la dévorait du regard. Sans la quitter des yeux, il avança, la saisit aux épaules et l'attira contre lui.

Dès que ses lèvres caressantes s'emparèrent des siennes, les doutes de Sally se dissipèrent. En cet instant précis, elle eut un éclair de lucidité : depuis qu'elle avait vu John Granger, son cœur ne lui appartenait plus...

Submergée par une vague de désir, elle étouffait de petits gémissements. Sans répit, les mains chaudes de Granger couraient sur la peau brû-

94

lante de son dos, glissaient sur sa nuque qu'il immobilisait, pour couvrir de baisers son cou de cygne. Les joues carminées, les yeux brillants, elle lui paraissait encore plus belle, encore plus désirable. La finesse de sa taille, les jolies courbes de son buste, sa peau satinée le fascinaient... et il contenait mal son envie de la posséder. Avec avidité, il pénétra plus profondément la douceur de sa bouche puis, les mains sur ses hanches, la plaqua contre lui.

Le souffle rauque, le corps enfiévré, il prit bientôt du recul, lui tendit la main. Sally le dévisagea de ses grands yeux émeraude et, tendrement, lui caressa la joue. Alors Granger l'attira vers le lit.

Tout à coup il se sentit dans un état de nervosité inhabituel dont il ne comprenait pas la cause. Ne la désirait-il pas depuis leur première rencontre ? Pourquoi hésitait-il, soudain ?

Quand il enserra les doigts de sa compagne pour les porter à sa bouche, il remarqua à la base de son cou une petite veine qui palpitait. Elle était nerveuse, elle aussi !

Quelle absurdité ! Au moment où il devait faire preuve de maîtrise, il réagissait comme un adolescent amoureux et sans expérience.

Il lui sourit. Elle se décida à faire le premier pas. Ne souhaitait-elle pas rompre ce mur de silence qui venait de se dresser entre eux ?

— Aimez-moi, murmura-t-elle d'une voix enrouée.

Subitement Granger lui était apparu vulnérable. Intuitivement, elle sut qu'elle devait l'aider.

Granger inspira doucement et l'attira contre lui, éperdument reconnaissant. Ils s'étreignirent avec avidité, leurs bouches se mêlèrent. L'esprit enfin libre, il la tint très fort dans ses bras et couvrit ses cheveux de petits baisers tendres.

A travers le tissu fluide de sa robe, il devinait la chaleur de son corps qui s'embrasait sous ses doigts. Ses mains glissèrent sur son buste qu'il caressa voluptueusement, puis il inclina la tête et posa sa joue au creux de ses seins. Cambrée vers lui, les yeux à demi chavirés, elle ne s'aperçut de rien lorsqu'il dénoua les bretelles de sa robe.

De la pulpe des doigts, du bout de la langue, il exacerba son désir.

Palpitante, elle s'abandonnait au feu de la volupté quand Granger se redressa et s'écarta d'elle.

A contrecœur, elle rouvrit les yeux ; Granger la contemplait, le regard brûlant.

Doucement, il fit glisser sa robe à ses pieds. Nue, elle lui tendit les bras. Il caressa ses cheveux soyeux, puis la souleva dans ses bras puissants et la déposa en douceur sur le lit. Quand, dévêtu, il s'allongea près d'elle, elle se lova contre lui, quémanda un baiser. Mais Granger s'écarta légèrement pour mieux la caresser.

— Sally, vous êtes merveilleuse, déclara-t-il d'une voix qui trahissait son désir.

Une douce chaleur l'enveloppa. Lorsque ses lèvres aimantes se déplacèrent sur sa peau ambrée, sa bouche s'entrouvrit pour laisser échapper de petits gémissements de bien-être. Son corps embrasé vibrait sous les caresses et les baisers ravageurs, et son ardeur à y répondre redoubla.

— Prends-moi, répéta-t-elle, les yeux brillants de désir.

Alors, Granger retint tendrement ses mains, enfouit son visage dans sa chevelure et la pénétra doucement. Le feu de la passion coula dans leurs veines tandis qu'ils atteignaient les sommets de l'extase. Ensemble ils laissèrent exploser la flamme amoureuse qui les dévorait avec la même ardeur.

Délicieusement rompue, inondée de plaisir, Sally reprit lentement ses esprits. Les paupières closes, elle demeura dans les bras de Granger, à goûter ce moment de bonheur intense qu'ils venaient de partager. Quand leurs respirations se furent apaisées, elle ouvrit lentement les yeux. Un sourire tendre se dessina sur les lèvres de Granger.

— Jamais je n'aurais imaginé qu'un tel plaisir pût exister, murmura-t-il en la dévisageant avec intensité.

Bouleversée, Sally ferma les yeux pour retenir les larmes qui lui montaient aux yeux. Ce n'était pas le moment de verser des pleurs, pas maintenant ! se dit-elle.

— Sally...

D'un geste tendre il lui emprisonna le menton et chercha son regard. Mais elle garda les paupières closes... jusqu'à ce que ses lèvres les effleurèrent.

— Je comprends, Sally... sincèrement, ajouta-t-il.

Ces paroles atténuèrent aussitôt l'envie de pleurer qui la taraudait. Le message, qu'elle déchiffra au fond de ses prunelles, chargé de tendresse et de sincérité, lui était destiné.

Leurs lèvres s'unirent pour un baiser ardent. Et, côte à côte — le bras puissant de Granger en travers de sa poitrine —, ils s'endormirent, ivres de bonheur.

Quand Sally s'éveilla, les premières lueurs du jour filtraient par le hublot. Dans un soupir, elle se dégagea de l'étreinte de Granger et le contempla. Il dormait paisiblement ; il lui parut encore plus beau qu'à l'ordinaire.

Quelle étrange et merveilleuse nuit ! songea-t-elle. Que de découvertes grâce à lui ! Mais que lui réservait le jour qui commençait ?

Elle ne regrettait pas du tout l'issue de ce dîner. Au contraire. Granger ne s'était-il pas montré l'amant parfait : à la fois ardent et tendre ?

Un sourire anima ses lèvres. Ils s'étaient endormis dans les bras l'un de l'autre mais, au milieu de la nuit, Granger s'était réveillé et lui avait fait découvrir mille autres sensations grisantes. Dans un demi-sommeil, elle avait d'abord cru à un rêve... Puis elle avait rendu chacune de ses caresses. Ils s'étaient donnés l'un à l'autre avec une volupté qui les avait étourdis de bonheur.

Je ne regrette rien, se dit-elle, blottie contre lui, décidée à s'octroyer encore cinq minutes de repos...

Quand elle rouvrit les yeux le soleil inondait la

cabine du yacht. Elle s'était bel et bien rendormie ! Granger dormait toujours, dans la même position. Doucement elle se redressa et l'embrassait sur la joue quand un frisson d'horreur la saisit. Ils n'étaient pas seuls dans la pièce, elle en était persuadée. Lentement, elle tourna la tête. Norman Granger se tenait debout dans l'embrasure de la porte.

Sally se maudit d'avoir oublié de fermer à clef. Ecarlate, dans un élan de pudeur, elle remonta le drap sur leur nudité.

— Bonjour, dit l'enfant avec un sourire franc et innocent.

Il était déjà habillé et portait sa tenue de pirate, nota-t-elle.

— Bonjour, Norman...

Elle s'efforça de paraître naturelle.

— Il est sept heures et demie !

— Norman, montez sur le pont. Nous vous rejoignons tout de suite !

— D'accord. Vous savez, j'ai mis le petit déjeuner en route !

L'enfant fit un vague signe de la main et tourna les talons. A peine eut-il refermé derrière lui que Sally rejetait le drap, repoussait Granger et s'asseyait en tailleur. Elle s'apprêtait à le réveiller quand, surprise, elle découvrit qu'il avait les yeux grands ouverts et riait discrètement.

— Ce n'est vraiment pas drôle ! déclara-t-elle en bondissant hors du lit.

Sans se soucier de sa nudité, elle chercha des vêtements dans sa commode.

— Que vous êtes belle !

Ces paroles, qu'elle jugea déplacées, la glacèrent. Elle pivota et le dévisagea comme s'il lui était totalement étranger.

— Votre fils vous surprend au lit avec moi et c'est tout ce que vous trouvez à dire !

— Les gens ont le droit de dormir, non ? observa-t-il, un sourire en coin.

— Vous êtes son père et nous ne nous sommes pas contentés de dormir ensemble !

— Oui, et permettez-moi de vous avouer que j'ai passé une nuit merveilleuse.

— Enfin, Granger, il s'agit de votre fils ! répéta-t-elle exaspérée par sa nonchalance.

Finalement elle haussa les épaules, l'ignora et s'habilla. Une fois prête, elle se retourna vers lui.

— Comme vous voudrez, Granger. Mais nous quittons Nassau ce matin et jusqu'à la prochaine escale, je vous rappelle que vous faites partie de l'équipage. Vous n'êtes pas là en simple passager. Alors, un conseil, levez-vous et rejoignez votre poste !

Sur ces paroles elle ouvrit la porte de la cabine.

— Entendu, capitaine ! répondit Granger.

Promptement, il se mit debout, au garde-à-vous.

Elle s'immobilisa et l'observa des pieds à la tête.

La bouche sèche, elle sortit de la pièce en claquant violemment la porte pour fuir la vision de son corps athlétique et l'expression à la fois tendre et moqueuse de son visage.

Peu après Sally sortait du cabinet de toilette. Quand elle entra dans la cuisine une nouvelle surprise l'attendait. Norman battait vigoureusement des œufs dans un saladier. Elle le salua à nouveau, puis jeta un coup d'œil dans le récipient.

— Six œufs, c'est assez ? s'enquit-il en la regardant.

— C'est parfait.

Elle prépara le café et quand elle eut terminé elle s'adressa à Norman.

— En attendant votre père, nous pourrions monter sur le pont voir ce que nous réserve le temps, suggéra-t-elle.

L'enfant acquiesça et Sally lui sourit.

Dehors la journée s'annonçait radieuse. Le ciel était bleu, tacheté çà et là de nuages duveteux. La surface de l'océan était lisse comme celle d'un lac, et les mouettes volaient en silence.

— Vous avez passé une bonne soirée en compagnie de Mme Simpson ? demanda-t-elle.

En réalité, elle avait envie d'évoquer la scène de ce matin, mais elle ne savait comment s'y prendre. Elle se maudit à nouveau de s'être rendormie.

— Drôlement bonne ! répondit-il. Après dîner elle m'a emmené voir un spectacle de danses folkloriques.

— C'était amusant ?

— Oh ! oui... Sally ?

Elle remarqua aussitôt le changement de ton.

— Est-ce que vous allez devenir ma maman maintenant ? interrogea-t-il d'une voix où perçaient l'espoir et l'appréhension.

Sally s'efforça de dissimuler son effarement. Elle posa gentiment sa main sur son épaule.

— Asseyons-nous, proposa-t-elle en désignant deux chaises longues sur le pont avant. Nous pourrons bavarder tranquillement.

Dès qu'ils furent assis, Sally reprit :

— Norman, dans la vie, un enfant n'a qu'une mère : celle qui l'a mis au monde ; et je suis sûre que vous n'oublierez jamais la vôtre. Elle est irremplaçable...

Sally marqua une pause. Norman avait les larmes aux yeux.

— A l'école, mes amis parlent souvent de leurs parents qui dorment ensemble, et je croyais que lorsqu'un homme et une femme partageaient le même lit, cela signifiait...

Devant son air perplexe, Sally devina qu'il cherchait à expliquer un point obscur dans son esprit.

— Il arrive parfois que l'on dorme ensemble par affection, dit-elle soucieuse de simplifier ses explications. On ne se marie pas pour autant.

D'un mouvement de tête, il acquiesça. Cependant son air sérieux ne la convainquit pas tout à fait.

— Avez-vous bien compris ?

— Je crois, répondit-il.

Dans le doute, elle poursuivit son raisonnement jusqu'à ce qu'une observation de Norman la fît tressaillir.

— Quand je dors chez oncle Stewart et tante Ariel, le matin je me précipite dans leur chambre, et au lit tous les trois nous regardons la télévision. C'est très amusant, et puis...

Elle comprit alors ce qui tourmentait l'enfant. Impuissante, elle l'observa sans pouvoir parler. Elle s'efforça de sourire puis elle lui prit la main.

— Quelle chance ! Vous avez votre oncle, votre tante, votre père qui s'occupent de vous ! dit-elle en cachant son émotion.

En réalité Norman n'avait pas peur qu'elle prenne la place de sa mère comme elle l'avait cru au départ, mais regrettait la solitude qui lui pesait. Il rêvait d'avoir un père et une mère, de vivre sous le même toit qu'eux et ne plus aller en pension.

Tout à coup elle le comprit mieux. Malheureusement elle n'avait pas le pouvoir de l'aider. Même si elle aimait Granger, comme elle en était certaine, elle ne se laisserait pas prendre au jeu. Elle passerait les cinq semaines prévues en sa compagnie, en acceptant les événements tels qu'ils se présenteraient, mais jamais elle ne nourrirait de vains espoirs. John Granger vivait uniquement pour son travail, la vie que menait Norman en était la preuve. Par expérience, Sally avait appris ce qu'il en coûtait de mêler le travail et la vie sentimentale avec des hommes comme Granger. Dans un soupir elle se leva et invita l'enfant à la suivre.

— Descendons voir si votre père est prêt. Je meurs de faim !

— Moi aussi.

L'enfant ébaucha un sourire radieux ; le premier depuis le début de la journée.

Sitôt levé, Granger s'était enfermé dans le cabinet de toilette. Tout en se rasant il avait réfléchi aux événements des dernières vingt-quatre heures. Devant le miroir il avait revu Sally s'abandonnant tendrement à lui.

Il sentait encore le contact de sa peau soyeuse sous ses doigts. Et puis sa réaction ce matin à la fois vive et calme lors de l'irruption de Norman dans la cabine lui avait prouvé sa force de caractère.

Il sourit en pensant à l'indignation qu'elle avait manifestée en quittant la chambre, à juste titre d'ailleurs. Elle avait eu raison, il le reconnaissait. En effet, cette situation aurait dû être horriblement embarrassante pour lui et pourtant... seul avait compté, à ce moment-là, le bonheur de se réveiller dans ses bras.

Sa toilette terminée, il partit à la rencontre de ses deux compagnons de voyage. Dans la cuisine déserte, le percolateur marchait. D'un pas tranquille il traversa le petit salon et grimpa sur le pont.

A la vue de Norman et de Sally qui lui tournaient le dos en bavardant assis sur des chaises longues, il s'immobilisa.

Il entendit son fils lui demander si elle allait devenir sa mère à présent ainsi que la réponse de Sally, dictée par son intuition et sa gentillesse.

Discrètement il regagna la cuisine. Certes il aurait aimé écouter la suite mais leur conversation avait un caractère privé qu'il n'avait pas le droit de violer.

Il sortit la grande poêle et la posa sur la plaque chauffante. C'est perdu dans ses pensées qu'il prépara leur petit déjeuner.

Chapitre 6

Sally manœuvra pour amener l'*Emeraude* dans la crique puis mit le moteur au ralenti. Sandman Cay était restée fidèle au souvenir qu'elle en conservait. Située au sud des Bahamas, près de Crooked Island, cette île minuscule avait la forme d'un croissant. La végétation se limitait à quelques palmiers gigantesques en bordure de l'océan. Mais la plage était blonde et l'eau turquoise, transparente. De surcroît l'endroit était peu fréquenté. La perspective de passer trois jours dans ce lieu enchanteur la ravissait.

— Ouah ! cria l'enfant en se penchant par-dessus le bastingage. Regarde, papa, on voit le fond !

Granger, dans un accès de prudence, retint son fils par la chemise. Puis il lui ébouriffa gentiment les cheveux.

— Et demain, tu verras, tu toucheras le fond !

— Pourquoi pas aujourd'hui ?

— Nous verrons. Cela dépendra de ta première leçon... que je te donnerai tout à l'heure.

Sally lâcha l'ancre et laissa filer le câble. Puis elle coupa le moteur et une impression de paix les enveloppa.

L'*Emeraude* était ancré à quelques mètres de la plage. La traversée de Freeport à Sandman Cay avait duré six heures et il leur restait à présent de bons moments devant eux pour profiter de la mer.

Sur le pont central, Granger et Sally tombèrent nez à nez et s'immobilisèrent. Sous l'intensité de son regard, la jeune fille frissonna. Soudain un sourire apparut sur les lèvres de Granger ; il prit la main de sa compagne et la caressa gentiment. Troublée, elle s'efforça de lui rendre son sourire.

— C'est parfait, dit-il en pressant légèrement sa main dans la sienne.

— Je suis ravie que cet endroit vous plaise, répliqua-t-elle en dissimulant son émoi.

— Eh bien, à présent, que puis-je faire pour me rendre utile, capitaine ? s'enquit-il en libérant sa main.

— Rien du tout. Vous êtes libre ! Profitez de vos vacances.

— Dans ce cas, je vais donner une leçon de plongée à Norman. Vous m'accompagnez ?

— Merci, mais j'ai encore mille petites choses à vérifier. Appelez-moi si vous avez besoin d'aide.

Seule, elle se reprocha son comportement, d'autant plus stupide que Granger ne s'était permis aucun geste déplacé à son égard depuis leur départ de Nassau. Cependant, le magnétisme qui émanait de sa personne la rendait nerveuse ; à cela s'ajoutait les remords qui la harcelaient depuis le matin à cause de Norman.

Son attitude l'affligeait car elle savait très bien qu'elle voulait cet homme ! Mais elle avait des principes auxquels elle tenait et qu'elle n'avait pas l'intention de sacrifier dans une aventure sans lendemain.

Sally ouvrit la cale et sortit le matériel de plongée : le sien, celui de Norman et l'équipement étrange de Granger. Ensuite elle vérifia le générateur et l'amorça. Un léger bourdonnement se fit aussitôt entendre suivi du sifflement de l'air. Pour plus de sécurité elle s'assura également que les bouteilles d'oxygène étaient pleines. Quand elle eut soigneusement examiné le tout, elle apporta les affaires sur le pont où le père et le fils étaient déjà en maillot de bain.

Malgré elle, Sally contempla son torse couvert d'une toison brune, ses cuisses musclées, puissantes. Quand ensuite son regard se posa sur l'enfant, elle devina en lui un Granger en miniature.

— Avec un tel équipement, vous ne risquez rien ! assura-t-elle.

— Je l'espère, répliqua Granger avec un sourire.

— Norman, vous êtes-vous déjà servi d'un masque et d'un tuba ?

— Oh ! oui, des centaines de fois.

— Dans ce cas je peux vous laisser seuls tous les deux.

Elle adressa un clin d'œil à John Granger puis se dirigea vers l'échelle.

Il la suivit des yeux et sentit une vague de désir

l'envahir à nouveau. Vite, il se tourna vers son petit garçon.

— O.K., mon ami. Allons-y !

Il souleva Norman et l'assit sur ses genoux dans l'intention de lui révéler le programme de l'après-midi. Conscient de l'exaltation de l'enfant, Granger préférait commencer par la théorie avant de l'affubler de l'équipement de plongée sous-marine.

— Norman, pour se servir de cet appareil-ci, tu commences toujours par...

Sally l'écoutait. Elle aimait sa voix, douce, qui inspirait confiance.

Il lui suffirait de consacrer un peu plus de temps à son fils pour qu'ils aient des liens solides, elle en était persuadée. Consciente, subitement, de vouloir s'immiscer dans leur vie, elle se préoccupa de fixer le plat-bord puisque cette escale durerait au moins trois jours.

Peu après, assise à l'avant, les jambes ballantes, les mains sous le menton, elle observait ses deux passagers qui évoluaient dans la mer transparente.

Leur présence dans ce paradis terrestre lui paraissait tout à fait naturelle. Soudain une onde de volupté la fit frémir : dans l'eau, John flottait, et la vue de son dos lui rappelait l'intimité qu'ils avaient partagée la nuit dernière.

Jusqu'à présent, elle avait réussi à ne pas y penser, mais maintenant, tranquillement installée au soleil à les observer, c'était plus fort qu'elle. Ce matin, lorsque John l'avait amoureusement réveillée, il s'en était fallu de peu qu'elle lui révèle les sentiments qu'elle nourrissait à son égard. Heureusement, elle les avait gardés dans son cœur.

Elle ne tenait surtout pas à se compliquer l'existence en donnant une tournure sentimentale à leurs relations ! C'était plus raisonnable de garder secret son amour. Si physiquement elle se donnait complètement à lui, en revanche aucun mot tendre ne trahirait son cœur.

— Coucou, capitaine ! appela Granger.

Sally lui sourit et fit un signe de la main.

— Ça y est ! Norman va essayer sa tenue de plongée !

Aussitôt Sally se précipita à l'arrière du bateau. Peu après Granger et Norman grimpaient à bord. Au passage, elle leur lança deux serviettes de bain qui se trouvaient près du matériel.

Assise sur une chaise longue elle assista à la seconde partie du cours.

Un quart d'heure plus tard, Granger se tourna vers Sally.

— Pourquoi restez-vous à bord ?

— Vous vous débrouillez parfaitement sans moi ; demain je plongerai, promit-elle.

— Personne ne vous y oblige, vous savez, vous pouvez vous baigner, tout simplement.

Sally l'observa un instant puis acquiesça.

— Parfait... Si vous êtes d'accord, j'aimerais emprunter vos bouteilles et n'essayer les miennes que demain.

— Pas de problème, assura-t-elle.

Pendant qu'il aidait son fils à s'équiper, elle

110

descendit se changer. Quand elle réapparut, ils étaient prêts à entrer dans l'eau.

— J'y vais, annonça Granger à califourchon sur le plat-bord. Norman, Sally va t'aider à descendre l'échelle.

Il sauta dans la mer.

Sally guida l'enfant et sa maladresse la fit sourire. Mais à sa place, n'importe qui aurait l'air pataud avec cet attirail sur le dos, des palmes et un masque...

Au bas de l'échelle de corde, son père l'aida. Il ajusta l'embout et le masque : le plus difficile était fait...

Debout, elle les suivait des yeux. Granger prenait son fils par la main et l'entraînait sous l'eau pour s'assurer qu'il nageait suivant ses conseils.

Elle éprouva un sentiment de fierté en voyant Norman se déplacer avec une telle aisance aux côtés de son père. Il est courageux, pensa-t-elle en se rappelant sa première expérience de plongée sous-marine. Si certaines personnes souffraient parfois de claustrophobie, ce n'était pas le cas de Norman.

Cependant elle ne le quitta pas des yeux une seconde. Peu après, elle se détendit. Granger ne s'éloignait pas de l'*Emeraude.* Lorsqu'ils émergèrent la première fois, il montra à son fils comment nettoyer son masque sous l'eau. Sally suivit la scène avec attention.

Lorsqu'ils plongèrent plus profondément, elle monta sur le plat-bord pour surveiller leurs évolutions. D'en haut, elle distinguait le fond sablonneux où passait un banc de petits poissons argentés.

Sally prit une profonde inspiration et plongea dans l'eau claire. En douceur, elle fendit la mer tiède qui l'enveloppa comme une caresse, puis, sur le dos, elle effectua de petits battements de pieds avant de se laisser porter.

Granger se montrait très vigilant même si les dispositions de son fils pour ce sport étaient évidentes. L'enfant apprenait vite et fascinait son père. Brusquement Granger donna à Norman le signal pour descendre un peu plus et Norman répondit en écartant le pouce et l'index avant de plonger. Granger hocha la tête.

Il était content de lui avoir offert le guide d'initiation à la plongée sous-marine que Norman avait, semblait-il, étudié à fond. Il l'envoya toucher le fond. A l'aide d'un petit appareil, il mesura la profondeur qui était de quatre mètres ; c'était peu, mais beaucoup pour une première fois. Ils étaient dans l'eau depuis vingt minutes, nota-t-il également. Tout à coup Granger aperçut un morceau de corail, s'en approcha, fit signe à son fils et le lui montra.

Avec l'assentiment de son père, Norman se baissa et le ramassa. L'enfant l'observa sous tous les angles puis sollicita l'autorisation de Granger pour le glisser dans la poche de son maillot de bain.

Quand Granger leva les yeux et vit Sally au-dessus d'eux, il tapa sur l'épaule de Norman. Ils l'observèrent tandis qu'elle nageait gracieusement sur le dos. Le père donna à l'enfant l'ordre de remonter.

Les yeux fixés sur elle, Granger se troubla à la vue de ses jambes dorées qui se mouvaient délicieusement. Elle est belle, songea-t-il ; quel que soit l'angle, elle était parfaite.

Soudain, il fit signe à Norman de lui prendre la cheville non sans s'être assuré auparavant qu'elle ne risquait rien. Sally vit des bulles d'air monter à la surface et sut où ils se trouvaient. Elle immobilisa ses jambes et maintint son équilibre à l'aide des bras en attendant qu'ils remontent à la surface. Mais, quand soudain elle sentit une main agripper sa cheville, elle devina ce qui l'attendait et prit une profonde inspiration. Attirée vers le fond, elle ouvrit les yeux et regarda autour d'elle. Norman et John se tenaient à un mètre d'elle. Granger lui fit signe d'approcher, lui tendit l'embout. Elle inspira une bouffée d'oxygène avant de le lui rendre. Puis elle plongea jusqu'au fond sablonneux où la température était plus fraîche. Comme chaque fois, elle ressentit cette délicieuse impression que lui procuraient les fonds sous-marins dont peu de gens avaient le privilège de découvrir la beauté et la sérénité. Au bout de sa réserve d'air, elle remonta et respira à pleins poumons. Granger la suivit puis ôta son masque.

— Merci, dit-elle, souriante.

— Le plaisir était pour moi, murmura-t-il en la dévorant du regard. Vous êtes merveilleuse, et... tellement belle !

— Granger !

Mais déjà il avait disparu sous l'eau. Sally se tourna vers Norman dont elle ne voyait que le dos. Quand il suivit son père, Sally sourit puis regagna l'*Emeraude* en quelques brasses coulées.

A bord du yacht, elle noua une serviette autour des hanches et se posta sur le plat-bord.

Granger aida Norman à enlever sa bouteille d'oxygène puis il remit le matériel de l'enfant à Sally, penchée sur lui. Ensuite il grimpa à son tour et se débarrassa de son propre équipement.

— Oh! papa, c'était passionnant... mais je ne suis pas fatigué, tu sais, déclara-t-il, l'air attendrissant.

— Eh bien, répondit John Granger, la tête penchée pour évacuer l'eau de ses oreilles, tu as eu ta première leçon! Mais si tu veux retourner...

— Youpee! s'écria Norman.

Sans lui permettre de manifester plus longtemps son enthousiasme, il souleva son fils dans ses bras, l'approcha du bastingage et le jeta par-dessus bord.

Granger et Sally s'esclaffaient encore lorsqu'il émergea.

— Tu ne m'as pas laissé finir ma phrase, protesta-t-il en s'ébrouant.

Granger lui lança un masque et un tuba.

— Amuse-toi si tu veux, mais ne t'éloigne pas!

— Merci, répondit l'enfant, heureux de prolonger ce bain.

— Il est très doué, commenta Sally en le regardant plonger.

— Oui, je suis fier de lui!

— Je vais ranger les équipements.

— Non, coupa-t-il en l'immobilisant d'une main de fer.

— Pourquoi ?

— Norman doit apprendre à s'occuper de ses affaires. A son âge, cela me paraît normal, non ?

— Granger, il est en vacances ! Je m'en charge.

— Non !

Perplexe, Sally attendit en silence. Granger se contenta de libérer son bras puis lui adressa un sourire.

— Laisseriez-vous quelqu'un ranger votre matériel ? Non, je ne crois pas. Lui aussi doit savoir que l'entretien de ce genre d'appareil est vital et par conséquent s'assurer personnellement que tout fonctionne normalement.

Sally planta son regard dans celui de John. Il avait raison, elle le savait et était prête à l'admettre. Peu à peu, elle se décontracta et l'approuva.

— Merci, dit Granger en suivant son fils des yeux. Sally, qu'ai-je donc fait de mal ? s'enquit-il à brûle-pourpoint.

Elle se mordilla la lèvre inférieure et baissa les yeux. A son tour, elle regarda en direction du baigneur jusqu'à ce qu'elle consente à rompre le silence.

— Rien.

— Alors pourquoi m'évitez-vous depuis ce matin ? interrogea-t-il en l'enlaçant.

— Pas du tout... Simplement, je ne pouvais quitter la barre pendant la traversée.

— Ce n'était pas une raison pour ne pas m'adresser trois mots. Après cette nuit, je pensais que...

115

— Pas maintenant, Granger, je vous en prie, supplia-t-elle.

Granger la fixa et soupira. Il n'avait pas remarqué combien elle était tendue. Il se fit des reproches.

— Nous en reparlerons plus tard, dit-il.

Norman apparut à la surface et leur fit signe. Sans rien dire, Granger plongea le rejoindre en éclaboussant copieusement la coque du yacht.

Sally quitta le plat-bord et descendit au salon. Les paupières closes elle tenta de mieux maîtriser le tumulte de ses émotions.

Le soleil était couché depuis un moment. Installée sur le pont, Sally contemplait le ciel limpide, tandis que Granger s'attardait auprès de son fils.

Après le bain, douchés et vêtus de propre, ils étaient venus proposer leurs services. D'un ton faussement autoritaire, elle les avait chargés du dîner, et à sa grande surprise le repas fut délicieux. Quand ils eurent terminé de ranger la cuisine, tous les trois montèrent sur le pont avant admirer le couchant. Granger leur avait raconté des histoires passionnantes de plongée sous-marine puis, quand l'enfant avait manifesté le souhait de dormir, son père était descendu le mettre au lit.

Sally bougea et redressa la tête. Elle scruta la nuit où ne brillait aucune lumière artificielle pour tenter d'en deviner le mystère ; mais la nuit était insondable, comme son cœur... Elle avait passé son après-midi à observer Granger, consciente de l'attrait et de la peur qu'il éveillait en elle. Et maintenant elle redoutait cette soirée. Qu'allait-il se passer ? La prendrait-il dans ses bras comme la nuit précédente ?

— Imbécile, murmura-t-elle.

— Pardon ?

Granger sortit de l'obscurité et s'approcha d'elle. Désarçonnée, elle se ressaisit rapidement.

— Je parlais toute seule, expliqua-t-elle en se tournant vers lui.

— Je connais cette maladie ; cela m'arrive souvent, railla-t-il en prenant place en face d'elle.

Il contempla le ciel et inspira une longue bouffée d'air iodé. Il se sentait bien, détendu, loin du tumulte des affaires. D'ailleurs il avait complètement pris ses distances avec son travail.

— Je ne connais pas d'endroit plus parfait pour initier quelqu'un à la plongée sous-marine, déclara-t-il à voix basse.

— Norman ne dort pas ?

— Il dormait bien avant que je ne le couche. J'avais envie de rester un moment près de lui, j'en ai si rarement l'occasion !

Le silence de la nuit les enveloppa. Le regard de Sally dériva vers la plage, et les faibles lanternes du bateau éclairaient joliment son visage. Fasciné, Granger la dévorait des yeux. Elle était ravissante et jamais il ne se lasserait de sa beauté, du satin de sa peau...

— Sally, murmura-t-il d'une voix légèrement rauque.

En entendant son nom dans sa bouche, elle frémit intérieurement puis, lentement, elle tourna son visage vers lui. Autour d'eux l'atmosphère s'alourdissait dangereusement...

— Sally, répéta-t-il imperturbable, le moment est venu, rappela-t-il.

Sachant pertinemment où il voulait en venir elle fit un signe d'assentiment.

— Comment pouvons-nous ignorer aujourd'hui ce qui s'est passé entre nous la nuit dernière ? reprit-il doucement.

Dans ces paroles Sally perçut un cri déchirant qui lui fit mal.

— Pourquoi pas ? rétorqua-t-elle avec raideur.

— Parce que je m'y refuse.

— Et que rien ne vous résiste, n'est-ce pas ! riposta sa compagne, une lueur de défi dans le regard.

— Qu'est-ce qui ne va pas, Sally ? questionna-t-il avec douceur.

Le comportement de la jeune fille était significatif : ce n'était pas uniquement Norman qui était la cause de son obstination et il voulait absolument éclaircir ce mystère.

— C'est de votre faute ! Je veux parler des hommes de votre trempe qui ont entre leurs mains tous les pouvoirs et qui n'hésitent pas à les utiliser sans scrupules pour parvenir à leurs fins !

Granger attendit la fin de cet assaut verbal pour répondre calmement.

Touché par la véhémence de ses propos, il rétorqua :

— Ne me mettez pas toujours dans la même catégorie que les autres, je vous en prie. J'ignore ce qui a pu vous marquer dans le passé, mais

118

vous n'avez pas le droit de me juger ainsi sans même me connaître.

— Vraiment! En tout cas je reste maître à bord et si vous n'êtes pas satisfait rien ne vous empêche de prendre le premier avion.

Granger la dévisagea, atterré. Quand il comprit le sens de ce message, un silence pesant s'abattit sur eux.

Le cœur de Sally palpitait à tout rompre. Désirait-elle réellement mettre un terme à cette liaison fascinante? Elle se le demandait...

Granger poussa un soupir de lassitude, se leva puis se pencha vers Sally et prit sa main dans la sienne.

— Je ne sais plus ce que je dois dire ou taire à présent... Je m'appelle John Granger et j'ai ma propre personnalité. Je crois être différent des autres hommes et j'en suis heureux. Pour être sincère, en cet instant précis, j'aimerais vous faire un aveu : je vous désire ardemment, Sally.

Il sentit le frémissement de ses doigts.

Sans réfléchir davantage, elle libéra sa main et spontanément caressa le visage anxieux de Granger.

— Je suis désolée, murmura-t-elle.

Soudain, il la saisit aux épaules, la força à le regarder. Surprise par ce geste brusque, elle l'interrogea du regard.

— Jamais plus je ne veux entendre ce genre d'excuses, dit-il, menaçant. Il faut être spontanée... ou se taire!

Un long moment, muette, elle soutint son

regard avant d'ébaucher un sourire et de hocher pensivement sa jolie tête blonde.

— Oh ! Sally, vous êtes si différente des autres femmes, murmura-t-il en lui caressant la nuque.

Trop heureux d'avoir rétabli la paix, il s'empara de ses lèvres pulpeuses pour l'embrasser avec une tendresse infinie et sceller par un long baiser leur réconciliation.

Doucement Granger s'écarta d'elle et scruta son visage. Il avait encore quelque chose d'important à lui dire. Un sourire aux lèvres, il effleura tendrement sa joue chaude.

— Sally, je...

Anxieuse, elle l'interrompit.

— Qu'allons-nous faire à présent ?

— Je sais ce que je veux, mais tout dépend entièrement de vous, observa-t-il.

Elle soupira. Raisonner lui semblait au-dessus de ses forces. A quoi bon ? Son cœur l'emportait sur la raison et lui seul lui dictait sa conduite. Elle était bel et bien prisonnière... de l'irrésistible attrait qu'il exerçait sur elle.

— Et Norman ? demanda-t-elle.

— Il vous adore... Vous lui plaisez énormément.

— Ce n'est pas ce que je voulais dire.

— Je le sais. Il faut prendre la vie telle qu'elle se présente, Sally, c'est plus simple, affirma-t-il fataliste.

Longuement elle le dévisagea. Puis un sourire tendre illumina son visage. Elle quémanda un baiser.

Avec passion ils s'embrassèrent puis Granger

120

se redressa. Quand elle vit qu'il était sur le point de parler elle posa un doigt sur ses lèvres.

— Taisons-nous maintenant, chuchota-t-elle.

Résigné, Granger soupira. D'autres occasions se présenteraient à des moments plus opportuns, songea-t-il. Alors incapable de se retenir davantage il l'enlaça et la serra très fort contre lui. Avidement il s'empara de ses lèvres qu'elle lui offrait et se perdit dans la douceur de ce baiser.

Une bonne odeur de café accompagna l'éveil de Sally. Lentement, elle ouvrit les yeux et se tourna sur le dos. Le réveil encastré dans sa table de nuit indiquait huit heures. C'était la seconde fois qu'elle dormait aussi tard, constata-t-elle amusée. S'étirant voluptueusement, elle n'éprouvait d'ailleurs aucun scrupule. Elle tourna la tête vers le hublot et goûta la douce lumière du soleil. La journée s'annonçait radieuse.

Si elle était seule dans sa cabine, elle n'avait pas pour autant passé une nuit solitaire. L'odeur mâle de Granger imprégnait encore le drap et l'oreiller, et une foule de souvenirs tendres lui revinrent à l'esprit. Elle eut un sourire sensuel quand elle repensa aux élans passionnés et ardents qui avaient ponctué ces dernières heures.

Ils étaient restés un bon moment sur le pont tendrement enlacés à contempler et à goûter les douceurs de la nuit tropicale.

— Vous venez vous baigner? proposa-t-elle, l'œil rieur en dégageant sa tête de son épaule.

— Sérieusement?

Elle comprit à l'expression de son visage qu'il ne demandait pas mieux...

— Tout de suite, répondit-il en ôtant le polo qu'il portait.

Vêtu de son short blanc il se tourna vers elle.

— Eh bien ?

— Je descends me changer, s'empressa-t-elle de répondre.

— Non, murmura-t-il péremptoire.

— Je...

— Sally, pas de fausse modestie, venez.

Il pivota et se mit debout sur le rebord du yacht. Là, au milieu des étoiles qui les éclairaient, il enleva son short. Emue, Sally admira son corps athlétique lorsqu'il plongea.

Décidée à le suivre, elle se déshabilla à son tour et fendit l'eau tiède de l'océan. Remontant à la surface elle apprécia ce moment sublime. Quel plaisir merveilleux de prendre un bain de minuit : l'impression d'être seule au monde et de communier en parfaite harmonie avec la nature la ravissait.

— Venez par ici...

Sally s'ébroua et se retourna pour apercevoir Granger. Après un signe de la main, elle fit quelques brasses dans sa direction ; ils se rejoignirent sous la voûte étoilée.

— Vous avez un corps de déesse ; je vous ai observée debout sur l'*Emeraude*, avant de plonger.

Sally rougit dans un sursaut de gêne, puis sourit.

— Merci, répondit-elle.

Gracieusement, elle se tourna et flotta paresseusement sur le dos. A quelques mètres de lui elle s'immobilisa et l'appela. Elle n'obtint pas de réponse mais avant qu'elle n'ait eu le temps de réagir une force l'entraînait sous l'eau.

— Vous êtes un traître! cria-t-elle en émergeant à ses côtés.

En guise d'excuses il lui enserra la taille et la plaqua contre lui. Leurs bouches et leurs corps s'unirent. Leurs cuisses brûlantes se mêlèrent. Granger redoubla d'attouchements fiévreux qui la submergeaient de plaisir. Les mains de Granger coururent en caresses ardentes sur sa gorge palpitante qui trahissait son désir. Ses doigts s'insinuaient dans l'intimité de son corps et elle répondait avec une même volupté impudique. Suffocante de désir, elle se laissa couler.

— Vous êtes un traître! répéta-t-elle d'une voix rauque en l'éclaboussant tandis que le corps de Granger épousait le sien.

Granger posa ses mains sur ses reins et ses doigts s'égarèrent sur sa chair brûlante. Embrasée par ses caresses délicieusement enivrantes, Sally se cambra.

— Rentrons, murmura-t-elle d'une voix langoureuse.

— Où?

— A bord de l'*Emeraude*, souffla-t-elle en passant le bout de sa langue rose sur les lèvres salées de Granger.

— J'ai envie de vous, chuchota-t-il en la serrant fiévreusement contre lui.

— Oui, rentrons, répéta-t-elle.

En silence ils regagnèrent le yacht. Cette fois Sally grimpa l'échelle sans se soucier de sa nudité. L'eau perlait sur son corps ambré qu'éclairait la lune. Dès qu'il fut près d'elle Granger l'étreignit et elle sentit avec émotion sa force virile. Dès lors, seul lui importa l'homme qui la tenait dans ses bras.

Lorsque, sur sa couchette, leurs corps se soudèrent pour se donner l'un à l'autre ce fut l'embrasement.

Un long moment ils demeurèrent enlacés, leurs jambes emmêlées. Alanguie, elle ouvrit les yeux et se pencha au-dessus de Granger pour le contempler.

— Vous êtes un homme merveilleux, murmura-t-elle.

La lueur tendre qu'elle lut au fond de ses yeux la combla. Il lui sourit et l'embrassa avec une tendresse infinie.

Brusquement il se glissa sur elle, effleura sa gorge satinée encore palpitante de baisers puis se leva. Sally, prête à se livrer une fois encore aux délices de l'amour, s'étonna.

— Il serait préférable que je ne dorme pas chez vous cette nuit, annonça-t-il doucement.

— Ne partez pas tout de suite, supplia-t-elle.

Compréhensif, il eut un soupir de regret et s'assit au bord du lit. Il lui prit la main et la porta à ses lèvres.

— Granger, j'ai eu un comportement stupide, je le sais...

— Taisez-vous ! ordonna-t-il, péremptoire.

Il faisait allusion à la discussion qu'ils avaient

124

eue en début de soirée, se dit-elle. Aussitôt, elle inclina pensivement la tête.

— Rassurez-vous, je ne cherche pas d'excuses. J'essaie simplement de comprendre ce qui m'arrive.

— Si vous y pensiez moins vous y verriez peut-être plus clair, se moqua-t-il gentiment.

Songeuse, elle lui adressa un sourire.

— Peut-être, répondit-elle, peut-être.

Le léger balancement du bateau la tira de ses réflexions. Elle secoua la tête pour dissiper l'engourdissement dans lequel cette nuit l'avait délicieusement plongée puis se leva.

En peignoir, elle sortit de sa cabine. Norman se trouvait justement devant sa porte.

— Le petit déjeuner est prêt! clama-t-il au capitaine.

— J'arrive!

Elle inspira profondément et se prépara à vivre cette nouvelle journée. Malgré le travail qui l'attendait, elle se sentait d'excellente humeur.

En sifflotant elle fit sa toilette, puis se glissa dans une robe légère et se rendit à la cuisine.

Ce matin, même le café de Granger sentait bon!

Chapitre 7

La brise légère caressait délicieusement le visage de Sally. En cette fin d'après-midi, le soleil étant moins ardent, elle enroula le toit en toile qui abritait le pont.

Le moteur de l'*Emeraude* fonctionnait à pleine puissance. Le ciel était limpide. Sur les appareils de navigation elle vérifia sa position et rectifia la direction. Puis elle brancha le pilotage automatique et ferma les yeux cinq minutes.

Ils atteindraient Antigua dans une heure. En attendant, elle n'avait pas grand-chose à faire. Elle tourna légèrement la tête. Granger était allongé sur le pont avant ; il contemplait l'océan. Norman, quant à lui, faisait vraisemblablement la sieste dans sa cabine.

Elle baissa de nouveau les paupières. Comme elle se sentait bien dans sa peau, et pleine de joie de vivre ! Soudain une pénible pensée vint troubler sa béatitude ; cette croisière se déroulait beaucoup trop vite à son goût et bientôt toucherait à sa fin. Ces trois dernières semaines s'étaient écoulées merveilleusement, à plonger, naviguer, explorer les îles et surtout à s'aimer ! Nul doute ni crainte ne subsistaient à l'égard de Granger ; même le ressentiment qu'elle éprouvait à l'égard de son père avait disparu. A présent, la perte de son emploi dans la publicité lui paraissait complètement dérisoire. Quoi qu'il en soit, elle ne regrettait pas ce rêve idyllique qui, pourtant, s'achèverait fatalement : le présent, si intense, repoussait très loin l'avenir incertain et peut-être cruel...

Elle n'avait pas seulement découvert Granger ; elle avait appris à se connaître elle-même.

A Sandman Cay, Sally l'avait écouté avec attention expliquer à Norman le fonctionnement de son nouvel équipement de plongée. Il s'agissait en réalité d'un appareil de pointe destiné à donner au plongeur une parfaite autonomie. Grâce à un système dont le principe échappait à Sally, l'oxygène se renouvelait en circuit fermé.

Elle-même avait pu juger de son efficacité ; Granger avait insisté pour qu'elle l'utilise à plusieurs reprises. Malgré des avantages certains, elle préférait ses bonnes vieilles bouteilles rechargeables.

Le troisième jour, avant de lever l'ancre, ses deux passagers l'avaient emmenée plonger à quinze mètres de profondeur.

Pendant cette halte à Sandman Cay, un seul yacht était venu mouiller quelques heures à proximité de l'*Emeraude.*

Ensuite, Sally avait mis le cap sur les îles Turk où elle avait embarqué des provisions et de l'essence commandées quinze jours auparavant par son père. Puis ils avaient entrepris un long parcours sans escale vers les îles Vierges. Et Sally avait bien pris la précaution de prévenir ses passagers.

— Des centaines de miles d'océan sans rien autour ? avait questionné John Granger, l'air horrifié.

— Personne, hormis Norman et moi... et les poissons qui circulent dans la mer, avait-elle plaisanté.

— En tout cas, ça a l'air de vous amuser, avait lancé l'enfant en riant.

— Vous risquez de trouver le temps long, Norman, vous savez, lui avait-elle répondu sérieusement.

— Mais non, j'ai emporté des tas de livres !

— Et vous ? avait-elle ensuite demandé à Granger qui la fixait d'un regard intense.

— Moi ? Je vous ai, vous, avait-il murmuré.

Malgré son hâle, Sally s'était empourprée. Elle lui avait aussitôt tourné le dos.

— Je compte sur vous pour préparer un bon dîner ! avait-elle lancé pour se donner une contenance.

— A vos ordres, capitaine !

... Sally ouvrit les yeux et scruta l'horizon. Toujours rien en vue, constata-t-elle en laissant vagabonder son esprit...

Une foule d'activités remplissaient leurs journées. Généralement, le matin était consacré à la plongée, l'après-midi au tourisme dans les îles, et le soir, lorsque Norman était couché, ils s'instal-

128

laient tous les deux sur le pont où ils évoquaient leurs expériences de plongée en admirant le ciel.

Puis ils s'aimaient passionnément avant de s'endormir dans les bras l'un de l'autre, comblés et heureux. Le temps s'écoulait comme dans un rêve ; un rêve qu'elle avait voulu éternel.

Aux îles Vierges, ils firent escale à Saint John, et ancrèrent l'*Emeraude* dans la marina de Caneel Bay. Avec acuité, Sally se remémora cette journée.

A peine venaient-ils d'accoster que Granger annonça qu'il descendait à terre. Sans attendre l'accord de Sally, il disparut. Après un haussement d'épaules, elle s'affaira sur le pont puis emprunta l'échelle qui menait aux cabines. Norman de son côté s'activait ; il nettoyait la cuisine.

— Savez-vous où est allé votre père ?

— Oui. Il m'a promis de revenir dans cinq minutes !

— Je vois, répondit-elle en riant.

Puis elle remonta et s'appuya contre le cockpit. Son regard se promena sur le complexe touristique de l'île en dehors duquel il était pratiquement impossible de se loger. Seuls les plus aventureux obtenaient l'autorisation de camper à proximité de la réserve sous-marine où Sally projetait d'emmener les Granger le lendemain matin.

Elle contempla les jardins de l'hôtel, magnifiquement entretenus, qui entouraient de luxueuses constructions. L'*Emeraude*, malgré sa taille honorable, paraissait ridiculement petit à côté des magnifiques yachts amarrés en permanence à St John. Cette île était un paradis pour milliardaires, c'était évident.

Peu après elle aperçut John Granger. Dès qu'il la vit il lui adressa un sourire éclatant et accéléra son pas. Le retour de cet homme, après quelques instants d'absence, la troublait et son cœur battit très fort.

— Je vous ai manqué ? demanda-t-il.

La lueur malicieuse qui traversa les prunelles de Granger intrigua Sally.

— Pardon ?

— Ah ! Vous faites la sourde oreille... Filez donc vous changer sans perdre de temps, ordonna-t-il.

Etonnée, elle rétorqua :

— Je suis désolée mais des occupations moins frivoles m'attendent.

— Tenez-vous vraiment à déjeuner au restaurant dans cette tenue ?

— Au restaurant ?

— Oui, l'organisation des repas m'incombant, je me suis permis de réserver une table pour midi ! A présent, Sally acceptez-vous de vous changer, oui ou non ?

Elle jeta un bref coup d'œil sur son short et son bustier puis soupira.

— En effet, je crois que ce serait préférable ! admit-elle.

Elle descendit dans sa cabine. Maintenant l'idée de déjeuner à terre l'emplissait de joie. Certes Granger cuisinait bien, là n'était pas la question, mais la perspective de s'asseoir à une table qui ne bougeait pas, de se faire servir, d'être entourée de gens, même inconnus, l'enchantait.

Sally opta pour une robe en coton bleu et blanc. Ensuite elle enleva son foulard, brossa énergiquement ses cheveux, dégagea son visage à l'aide de deux peignes en écaille. Enfin elle enfila ses sandales et jeta un coup d'œil dans le miroir de sa cabine.

Son teint cuivré faisait ressortir le vert émeraude de ses grands yeux. Tout maquillage était devenu superflu. Quelques minuscules taches de rousseur sur le nez lui donnaient un petit air mutin.

Fin prête, elle quitta sa cabine et gagna le pont. Norman attendait, tout vêtu de blanc. Il était vraiment très mignon.

— Sally...?

Devant l'hésitation de Norman, elle le dévisagea un instant.

— Qu'y a-t-il? demanda-t-elle sur la défensive.

— Je suis vraiment très heureux que vous soyez notre skipper.

Sa méfiance se dissipa aussitôt et elle sentit une douce chaleur l'envahir.

— Et moi, je suis ravie de vous avoir comme passager, affirma-t-elle avec sincérité.

— On m'oublie? s'inquiéta John Granger.

Il vint tout près d'elle; elle fit volte-face et le rythme de son cœur s'accéléra. Décidément, plus elle le voyait et plus il la fascinait. Après trois semaines de croisière il arborait un beau bronzage uniforme, et ses cheveux encore humides, peignés en arrière, mettaient ainsi en valeur son superbe visage.

— Vous aussi, répondit-elle d'une voix qui trahissait son émoi.

— Merci, murmura-t-il.

Et Sally lut au fond de ses yeux que lui aussi était sincère.

— Allons-y, proposa-t-il.

— Je meurs de faim, déclara Norman en frottant la semelle de ses sandales sur le pont.

Ce langage gestuel, elle le comprenait ; il révélait la perplexité de l'enfant devant la relation ambiguë qu'elle entretenait avec Granger.

Après avoir traversé le magnifique jardin de l'hôtel, ils pénétrèrent dans le hall où Sally, saisie par la fraîcheur de l'air conditionné, croisa ses bras sur la poitrine afin de dissimuler deux petits bourgeons soudain trop visibles. Puis elle oublia qu'elle était nue sous son polo et sourit lorsque Norman glissa sa main dans celle de son père.

— Je n'arrive plus à marcher sur la terre ferme ! s'écria-t-il.

— Dans cinq minutes tu seras de nouveau habitué, tu verras, affirma John Granger.

Au restaurant, un serveur les guida vers la terrasse.

— Je vois l'*Emeraude*! annonça Norman en désignant du doigt le yacht.

La vue était d'une beauté exceptionnelle : la mer d'azur et ses récifs coralliens formaient un décor extraordinaire. Après avoir noté leur commande, le maître d'hôtel s'éclipsa. On leur servit un cocktail glacé en apéritif. Personne n'éprouva le besoin de parler au cours du repas.

Il s'achevait quand une femme fit irruption à leur table.

— Ma parole, mais c'est ce cher John Granger !

Sally le vit se crisper avant même de tourner son regard vers l'intruse... Elle avait des cheveux courts, châtains foncés, et un joli visage, malgré un maquillage excessif qui la vieillissait. Son corps sculptural était mis en valeur par un short et un bustier moulants.

Granger répondit froidement :

— Bonjour, Laura.

Elle ne salua ni Sally ni l'enfant.

— Que fais-tu donc ici ?

— Je suis en vacances ! Laura, permets-moi de te présenter mon fils et...

— Ton fils ! J'ai souvent entendu parler de toi, tu sais, mon bonhomme. Et... vous êtes la jeune fille au pair, je présume ? poursuivit-elle avec hauteur.

Laura eut un regard glacial.

Sally comprenait intuitivement qu'elle faisait figure de rivale...

— Non, Sally n'est pas ma baby-sitter, mais le skipper de l'*Emeraude* ! rectifia vivement Norman.

La colère de Sally se mua aussitôt en tendresse...

— Oh ! Pardon...

Granger reprit :

— Je vous présente donc Sally Morgan, le

skipper du yacht que j'ai loué. Sally, madame Laura Stepland.

— Excusez-moi encore, déclara-t-elle d'une voix doucereuse.

Sally se méfia de cet accès de gentillesse qui s'harmonisait mal avec la froideur du regard posé sur elle.

— Mais, enchaîna-t-elle, vous paraissez bien jeune pour assurer de telles responsabilités...

Contenant mal sa fureur Sally obéit à son impulsion.

— Vous savez, la valeur n'attend pas forcément le nombre des années, mais à vous voir, vous ne manquez pas d'expérience, assurément.

Du coin de l'œil Sally observa Granger qui réprimait avec peine une forte envie de rire.

— En effet... oui, bredouilla Laura, vexée.

Le rouge aux joues, elle se redressa puis se tourna ostensiblement vers Granger à qui elle s'adressa d'une voix confidentielle.

— Combien de temps restes-tu à St John ?

— Nous repartons demain.

— Eh bien, si tu n'as pas de projets pour ce soir...

— Justement si, je suis pris. A propos où est Jim ?

— Oh ! C'est une affaire classée ! Tu as du retard... Au fait, toute la bande est venue passer le weed-end...

— Tu as raison, Laura, j'ai sûrement tort de me tenir à l'écart, commenta-t-il, l'air bizarre.

— Tu ne veux vraiment pas te joindre à nous ? insista-t-elle en lui décochant une œillade.

— Non merci, Laura. Je ne puis absolument pas me décommander mais je suis sensible à ton invitation, acheva-t-il en faisant signe au serveur.

— Promets-moi au moins de donner signe de vie à ton retour de croisière !

— C'est promis. Amuse-toi bien pendant ce week-end.

Laura Stepland salua Granger et Norman puis s'éclipsa sans daigner dire au revoir à Sally qui l'observait du coin de l'œil.

— Cette dame ressemblait à une sorcière, commenta l'enfant dans un petit rire.

— Une sorcière ! observa Granger, l'air interrogateur.

— Oui, n'as-tu pas remarqué la peinture qu'elle s'était mise sur le visage ?

— C'était du maquillage, corrigea Sally. C'est dommage d'ailleurs qu'elle s'enlaidisse ainsi car elle est plutôt mignonne.

— On aurait vraiment dit de la peinture, répéta Norman.

Les deux adultes échangèrent alors un regard de connivence.

— Papa, comment me connaît-elle ? Moi je ne l'avais jamais vue !

Sally ne quittait pas Granger des yeux. Elle le vit sourire à son fils.

— C'est exact, mais, tu sais, c'est une connaissance de longue date et j'ai eu l'occasion de lui parler de toi à plusieurs reprises.

— Ah ! bon, dit-il, avec une pointe d'indifférence.

Sally eut la même réaction que l'enfant. Soudaîn elle ne voulut plus rien savoir de cette femme.

Assise sur la plage, entre Norman et son père, Sally écoutait le solo de batterie dont les rythmes lancinants la faisaient vibrer.

La soirée s'était déroulée très agréablement. Granger avait insisté pour qu'elle accepte de venir dîner avec eux. Finalement, elle avait passé avec plaisir sa robe en soie bleue.

Pendant qu'ils dînaient, Laura Stepland fit une entrée remarquée dans la salle à manger de l'hôtel. Sally se crispa. Granger, sensible à sa réaction, se garda pourtant de tout commentaire ; elle lui en fut reconnaissante.

Ils quittaient le hall somptueux de l'établissement quand le regard de Norman accrocha une affiche qui annonçait un concert de jazz. Il supplia son père de s'y rendre directement.

Sur la plage, John étala galamment sa veste sur le sable. Sally ôta ses sandales et enfouit ses pieds dans le sable frais. Le groupe était excellent. Très vite elle se laissa emporter par le rythme. Brusquement, elle sentit la tête de Norman qui s'appuyait contre elle glisser sur sa cuisse. Il s'était endormi ! Un sourire aux lèvres, elle l'enlaça.

Granger, aussitôt, posa sa main sur la sienne.

— Vous paraissez si calme, souffla-t-il.

— Je le suis... Norman aussi...

Granger regarda l'enfant assoupi et sourit tendrement. Puis il se leva et le prit à bout de bras.

Sally se mit debout à son tour, ramassa la veste et la secoua énergiquement.

Norman se réveilla peu avant d'arriver à l'*Emeraude*. Désorienté, il promena autour de lui un regard interrogateur.

— Et la musique ?

Son père le remit sur ses pieds.

— Tu t'es endormi, tu sais.

— Oh ! Quel dommage ! C'était bien...

— Peut-être un peu tard pour toi, qu'en penses-tu ?

— Je suis en vacances, protesta le jeune garçon afin de gagner quelques minutes supplémentaires.

— A présent il est temps d'aller au lit, ordonna Granger d'un ton sans réplique.

Norman s'éloigna en répliquant :

— Tu ne me fais pas peur !

— Il ne vous craint pas du tout, observa Sally.

— C'est un jeu entre nous deux, expliqua-t-il. Quand Adria...

Granger s'interrompit. A son regard embarrassé, Sally répondit par un sourire chargé de tendresse.

— Comment s'appelait votre femme ? hasarda-t-elle.

— Adrianne.

— Vous ne m'avez jamais parlé d'elle...

Il la fixa longuement.

— ... Un jour, Norman devait avoir trois ans, je me suis vaguement querellé avec elle en sa présence. Aux menaces que j'ai dû proférer alors elle m'a répondu que je ne lui faisais absolument pas peur. Depuis Norman reprend cette formule, devenue rituelle, dès que j'élève un peu la voix.

Sally ne savait pas ce qui la rendait aussi heureuse : la voix de Granger empreinte d'une tendresse troublante ? Ou la confiance qu'il lui accordait pour évoquer enfin le souvenir d'Adrianne ?

— Bonsoir, Sally ! s'écria Norman en pointant le bout du nez en haut de l'échelle des cabines.

— Bonsoir, Norman, et merci pour cette soirée !

— Il n'y a pas de quoi. Bonsoir, papa.

— Je descends tout de suite te border...

— Ce n'est pas la peine, je suis un grand garçon maintenant, assura-t-il.

Tandis que Norman disparaissait, Sally étudia le visage pensif de son père.

— C'est vrai qu'il a terriblement changé ces derniers temps, reconnut-il.

Un sourire attendri éclairait le visage de Sally, quand, tout à coup, le rire sonore de Granger rompit le silence. Elle lui jeta un regard interrogateur.

— Je repensais au déjeuner de midi, expliqua-t-il.

— Oh ! Personnellement je préférerais l'oublier. J'en garde un trop mauvais souvenir !

— Pourquoi ? Vous étiez parfaite. Vous l'avez épatée, vous savez.

— Elle n'est pas mal du tout, opposa-t-elle légèrement tendue.

Granger arqua un sourcil.

— Je ne pensais pas qu'elle vous avait fait un tel effet. Je la connais depuis longtemps et...

Abruptement, elle répliqua, le regard rivé sur la marina.

— Cette histoire ne m'intéresse pas.

Il la prit par les épaules et l'obligea à se tourner vers lui.

— Vraiment ?

— Vraiment. Après tout il s'agit de vos amis et cela ne concerne que vous...

— Sally, écoutez-moi. Laura n'est pas une amie, corrigea-t-il ; c'est l'ex-femme de l'un de mes associés et je suis souvent amené à la rencontrer lors de réceptions mondaines. Mais, rassurez-vous, il n'y a jamais rien eu entre nous.

Elle refusa de trahir son soulagement.

— Inutile de vous justifier, dit-elle.

— Si cette fille en faisait moins, elle trouverait peut-être son bonheur, reprit John rêveur.

— Qu'entendez-vous par là ?

— Norman a vu juste en la traitant de sorcière. Chez elle tout est outrancier : son maquillage, son langage, ses manières... Elle n'a pas encore trouvé son équilibre.

— En tout cas, aujourd'hui, c'était le grand jeu !

Il la scruta avec attention.

— Elle vous dévorait du regard. Visiblement elle cherchait à vous séduire.

— Sally, je n'aime pas beaucoup les gens qui se sentent mal dans leur peau, acheva-t-il.

Granger caressa le menton de sa compagne et son regard s'adoucit. Sally retint son souffle quand ses lèvres se rapprochèrent des siennes. Dans un baiser ardent toute trace de jalousie disparut et elle s'abandonna aux bras puissants qui la soulevèrent et l'emportèrent dans sa cabine.

Là, bercés par le doux balancement de l'*Emeraude,* ils connurent un ravissement suprême. Puis baignée de volupté, au creux de ses bras, elle s'endormit en même temps que lui.

Peu avant l'aube, ils s'éveillèrent, s'aimèrent à nouveau ; plus lentement, cette fois, plus langoureusement, pour assouvir le feu de la passion insatiable qui les dévorait.

Debout, sur le pont, John Granger observait Sally, qui, les paupières closes, et l'ébauche d'un sourire aux lèvres, somnolait. Puis machinalement il vérifia la trajectoire du bateau. Une telle précaution était inutile, se rappela-t-il tout à coup : si le skipper se reposait ainsi ils ne couraient vraisemblablement aucun risque. En souriant, il la contempla à nouveau. Sa poitrine se soulevait doucement au rythme de sa respiration et il mourait d'envie de la caresser. Comme elle était belle ! Même endormie. D'ailleurs, en tout point elle était parfaite...

Quand le déclic s'était-il donc produit ? se demanda-t-il. Un regard suffisait à faire naître son désir. Il sentait encore la douceur de ses lèvres sur son corps, le satin de sa peau contre son torse...

Oui, elle était merveilleuse !

Soudain il hocha la tête et émit un soupir. Ne

jouait-il pas les voyeurs à l'observer ainsi, à son insu ? Il ne tenait pas à la réveiller et pourtant il n'eut pas le choix.

— Terre en vue ! s'écria-t-il.

Sally sursauta et ouvrit les yeux, le cœur battant.

— Mon Dieu ! Granger ! Quelle peur vous m'avez faite !

— Oh ? Je voulais simplement revoir vos grands yeux verts... Après tout vous n'êtes pas censée dormir...

— Je ne dormais pas ! protesta-t-elle.

— Dans ce cas, à en juger d'après votre sourire, vous étiez égarée dans des rêveries plutôt agréables...

Sally rougit violemment.

— C'est vrai. Je ne dormais pas. Je réfléchissais.

— A quoi ?

— A bien des choses, dit-elle en se levant.

Debout, elle regarda droit devant elle, vers l'horizon où s'ébauchait une île.

— Antigua, annonça-t-elle en jetant un coup d'œil sur la boussole.

— Sally, je n'ai jamais douté un seul instant de vos compétences, commenta-t-il avec un clin d'œil.

— Granger...

— Vous a-t-on jamais dit combien vous étiez attirante, debout sur le pont, comme une figure de proue ?

— Non, répondit-elle sans réfléchir.

— Pourtant vous l'êtes, affirma-t-il en s'approchant pour la serrer dans ses bras.

Il l'embrassa puis l'étreignit délicieusement. Quand il la libéra, elle recula d'un pas.

— Dans une demi-heure nous accosterons, gronda-t-elle. Un peu de tenue, cher Granger !

— Avec vous c'est difficile de bien se tenir, ajouta-t-il en la dévorant d'un regard concupiscent.

— Granger ! répéta-t-elle.

Incapable de garder plus longtemps son sérieux, elle partit, elle aussi, d'un grand éclat de rire.

— J'aime mieux cela, Sally, murmura-t-il.

Son nom ainsi prononcé lui fit l'effet d'une caresse.

Comme elle était belle ! Et puis, il avait quantité de confidences à lui faire !

— Sally, le moment est venu, je crois, de...

— Coucou ! interrompit Norman en grimpant sur le pont. Chic ! Nous arrivons à Antigua, dit-il, ravi, en se hissant sur la pointe des pieds.

— Oui, nous y serons bientôt, confirma Sally.

A contrecœur, elle s'arracha à son regard. Que s'apprêtait-il à lui dire ?

— Plus tard, souffla-t-il à l'oreille de Sally. Norman, tu viens ?

— Oh ! Papa, est-ce que je peux rester sur le pont avec Sally ?

— Autorisation accordée, répondit-il.

Un instant, Granger les observa avant de descendre dans sa cabine. Les relations qui s'établissaient entre Norman et Sally étaient excellentes ; il espérait bien qu'il en serait toujours ainsi.

Plus tard, pensa-t-il. Plus tard, je lui dirai combien je l'aime...

Chapitre 8

Sally prit place sur la banquette du salon et appuya sa tête contre le bras de Granger. Pour une fois, elle goûtait exclusivement à son bonheur ; elle s'était départie de sa réserve habituelle.

Pendant le dîner ils avaient bien ri tout en savourant les délicieuses langoustes que Norman et son père avaient pêchées dans la crique. Ensuite, ils avaient bavardé sur le pont, tandis qu'aux lumières d'Antigua s'ajoutaient chants d'oiseaux et murmures d'insectes ; ce qui leur avait tant manqué au cœur de l'océan.

La compagnie de Granger lui procurait une joie indicible dont elle profitait maintenant sans arrière-pensées. Lorsqu'elle levait les yeux vers lui, il la caressait de ses prunelles claires. Etrangement, Sally pressentait que cette soirée marquerait un tournant dans leurs relations. Mais comment ? Elle l'ignorait.

— Vous faites un excellent second, John Granger, lâcha-t-elle en riant. Je vous recommanderai peut-être à mon père.

— Dans votre bouche, c'est un sacré compliment, rétorqua-t-il avec un petit rire nerveux. En attendant, Sally, j'ai à vous parler de choses sérieuses...

Il la dévisagea et devina tout de suite une certaine réticence. Aussitôt, il posa sa main sur son épaule et la réconforta d'un geste tendre.

— A quel sujet ?

Il prit une profonde inspiration puis la détailla comme s'il découvrait son visage pour la première fois.

— De nous, des trois semaines qui viennent de s'écouler, finit-il par annoncer.

Une boule lui serra la gorge. Jusqu'à présent n'avait-elle pas soigneusement évité d'y songer ? Et, naïvement, elle avait cru possible de taire le sujet ! Voulait-il lui en parler à cœur ouvert ? Il avait raison. Pourquoi reculer plus longtemps devant l'inévitable ? Lentement, elle souleva la tête et arbora un sourire forcé. Puis elle caressa la joue de Granger.

— Ne vous inquiétez pas, commença-t-elle d'une voix neutre, avec moi, vous ne craignez rien. N'avez-vous donc jamais entendu parler du mythe des croisières aux Caraïbes ? En réalité, il ne se passe rien de sérieux. A la fin du voyage, chacun rentre chez soi.

John Granger releva vivement la tête.

— Depuis que je vous connais, je ne crains rien, justement. Les mythes sont réservés aux gens qui manquent de courage pour aller jusqu'au bout de leurs désirs. Cette croisière m'a permis, quant à moi, de trouver ce que je cherchais. En l'occurrence, vous !

En proie au tumulte de ses sentiments, Sally ravala ses larmes et le regarda droit dans les yeux.

— Qu'avez-vous dit ? souffla-t-elle.

— La vérité. Sally, je vous aime.

Sa voix légèrement altérée trahissait sa sincérité.

Bouleversée, Sally ne put retenir ses larmes. Granger eut un serrement de cœur devant son visage, soudain inondé de pleurs.

— Je... je ne souhaitais pas vous mettre dans cet état, déclara-t-il gêné.

Attentionné, il essuya les larmes de Sally.

— Taisez-vous, murmura-t-elle.

Doucement, elle se blottit dans ses bras et quémanda un baiser, unique réponse dont elle se sentait capable. Sous la toile fine de sa chemise elle percevait les palpitations de son cœur. Les mains tremblantes, elle s'écarta de lui.

En silence, ils se dévisagèrent longuement. Puis, quand l'envie de céder à la passion qui brûlait en eux devint insoutenable, ils regagnèrent la cabine de Sally.

Cette nuit-là, dans les bras tendres et puissants de Granger, elle se débarrassa de ses dernières réticences et, lorsqu'ils ne furent plus qu'un, elle lui cria son amour.

Antigua était une jolie ville que Granger appréciait après la solitude de l'océan. Il avait loué une voiture pour montrer à Norman les plus beaux coins de l'île. Quant à Sally, elle avait prétexté des questions de ravitaillement pour rester seule.

Granger vérifia la carte. La promenade n'allait pas tarder à s'achever. Il se réjouissait de regagner l'*Emeraude.*

Un sourire se forma sur ses lèvres aux souvenirs de la nuit dernière. N'était-ce pas merveilleux de s'aimer dans la tendresse avec la certitude que désormais l'avenir leur appartenait ?

Depuis cinq ans, il n'avait pratiquement jamais prêté le moindre intérêt à une femme. La mort d'Adrianne l'avait brisé. Il avait dû envoyer Norman en pension ; sa seule présence éveillait sans cesse de douloureux souvenirs. Conscient de l'injustice de cette séparation, il avait connu les affres du remords. Tout de suite après le départ de Norman, il s'était empressé de vendre la maison qu'il avait achetée avec Adrianne pour s'installer dans un appartement moderne, au centre de Dallas. Durant ces cinq années, il ne s'était intéressé à rien d'autre qu'à son métier, reléguant sa vie privée au second plan.

Et puis, un jour, il avait pris conscience d'un déséquilibre dans sa vie. D'ailleurs, ses relations avec Norman se détérioraient fâcheusement. Ne risquait-il pas de le perdre à jamais ?

Il avait fini par se confier à son unique ami, Stewart Aldeman. Ensemble, ils étaient convenus d'organiser une longue croisière qui réunirait le père et le fils, loin du monde des affaires, et qui permettrait en même temps d'expérimenter le nouvel équipement de plongée mis au point par Granger.

— Qui aurait cru... marmonna-t-il, tandis que la vision de Sally s'imposait irrésistiblement à lui.

— Que dis-tu, papa ? demanda l'enfant en tournant la tête vers son père.

— Rien, je pensais à voix haute, précisa-t-il. Comment trouves-tu cette île ?

— Magnifique ! Papa, est-ce qu'après les vacances j'irai au lycée de Dallas ?

Prudent, Granger se gara le long de la route étroite, tira le frein à main et regarda son fils avec attention.

— Je croyais que ton collège te plaisait ?

— Oui, mais je préférerais vivre à la maison avec toi...

— Norman...

Devant l'expression qui traversa les grands yeux de son fils, il s'interrompit. Puis il reprit avec un sourire fataliste.

— Ecoute, Norman, nous verrons, c'est tout ce que je puis te dire pour l'instant.

— Tu vas donc y réfléchir ? insista-t-il avec espoir.

— Exactement.

— Oh ! Merci, papa.

Dans un élan de tendresse l'enfant se jeta dans les bras de son père, l'embrassa affectueusement. La gorge serrée par l'émotion, Granger s'efforçait de ne pas perdre contenance. Il attira son fils au creux de son épaule et déposa un baiser sur son front.

— Je t'aime, Norman.

— Moi aussi, papa, répondit-il en se redressant sur son siège. Est-ce que nous déjeunons avec Sally ?

— Cela te plairait ?

— Et comment ! Enormément.

Assise sur le pont, Sally était perdue dans ses pensées. Elle venait d'avoir son père au téléphone. C'était la seconde fois qu'il l'appelait depuis que l'*Emeraude* avait quitté les Bahamas. Ils étaient convenus de se donner régulièrement des nouvelles. Ainsi, au son de sa voix, elle s'assurait de sa santé. A Key West la vie s'écoulait paisiblement, lui avait-il dit. Quand il lui avait demandé comment se déroulait la croisière, elle avait éclaté de rire ; elle avait perçu une note d'anxiété et un tel désir de la ménager !

— Très bien, rassure-toi, avait-elle répondu. Le passé est révolu et je ne me venge pas sur John Granger.

— A propos, avez-vous abordé la question de L'agence ? avait hasardé Steve Morgan.

— Non, papa, pas encore. A vrai dire, je n'y tiens guère. J'aime autant ne pas repenser à cette période.

— Hum. Donc tu ne... Oh ! Peu importe, avait-il marmonné de manière étrange. L'essentiel c'est de vivre le moment présent et d'oublier les mauvais souvenirs. Tu as raison, ma fille.

Ensuite, elle avait fait dévier la conversation sur le programme de cette fin de croisière.

La sonnerie du téléphone retentit et Sally se demanda qui pouvait bien appeler.

— *Emeraude* R K D V, 8-8-7-3, répondit-elle.

— *Emeraude,* Dallas en ligne, annonça l'opératrice.

— Bonjour. Mademoiselle Morgan ?

— Elle-même.

— Stewart Aldeman. Granger serait-il dans les parages ?

— Je suis désolée, mais Gra... M. Granger n'est pas à bord pour le moment.

— Pouvez-vous lui demander de me rappeler d'extrême urgence ? C'est important.

— Entendu.

Sally resta songeuse. Bizarrement cette voix lui avait paru familière. Evidemment, la liaison radio-téléphone n'était jamais parfaite ; cependant elle était persuadée de l'avoir entendue récemment.

Soudain, le claquement d'une portière la tira de ses pensées. Le retour de Granger et de Norman lui fit oublier son interlocuteur. Prestement, elle se dirigea vers la passerelle pour les accueillir.

L'enfant grimpa à bord pendant que son père réglait la location du véhicule.

— Vous êtes-vous bien amusés ? s'enquit-elle.

— Oui, mais j'aurais préféré plonger.

— Plus tard, promit-elle.

— Quoi de neuf à bord ? questionna John Granger en haut de la passerelle.

— Rien, à part un coup de téléphone de Stewart Aldeman... Il faudrait que vous le rappeliez d'urgence.

— Stewart ? Il appelait de Dallas ?... Bien.

Il fit demi-tour.

— Granger, vous pouvez appeler d'ici, criat-elle en le voyant s'éloigner sur le quai.

Trop tard : il ne l'entendit pas.

— Monsieur Aldeman doit être quelqu'un de très important pour se permettre d'interrompre ainsi les vacances de votre père, déclara-t-elle à Norman en ébouriffant sa chevelure.

— Oncle Stewart compte beaucoup pour nous. Et puis il est très gentil, vous ne trouvez pas ?

— Si vous le dites, je veux bien vous croire. Personnellement, je ne le connais pas...

— Mais si, affirma l'enfant en riant de bon cœur. Forcément puisque papa et oncle Stewart parlaient de vous dans la voiture en Floride.

— En Floride ? répéta-t-elle surprise par la tournure que prenait soudain la conversation. Norman, je pense qu'il y a erreur.

— Absolument pas, insista-t-il.

— Enfin, Norman ! A Key West, je n'ai rencontré personne hormis votre grand-père !

— Mon grand-père ? s'étonna l'enfant en écarquillant les yeux. Je n'en ai plus depuis longtemps !

— Mais alors ? Qui était l'homme qui accompagnait votre père ?

— Oncle Stewart, précisément ! déclara-t-il fier d'éclaircir ce quiproquo.

Cette nouvelle fit à Sally l'effet d'une douche froide.

— Norman, dans ce cas qui était donc censé accompagner votre père en croisière ?

— Je ne comprends pas, répondit l'enfant.

Sally sentit, à son regard qu'elle avait jeté le trouble dans l'esprit de Norman.

— Quand avez-vous su que vous partiez en croisière ?

— Il y a plusieurs mois. Papa m'avait promis qu'il m'emmènerait aux Caraïbes pendant les vacances de printemps.

— A présent, je comprends, répondit-elle d'une voix blanche.

Son indignation se mua rapidement en une colère froide. Il a menti, se dit-elle. Il m'a menti !

— Sally ?

L'enfant avait noté le changement d'humeur de sa compagne.

— Oui, Norman ?

— Vous vous sentez bien ?

— Naturellement, répondit-elle, comme si de rien n'était.

— Tout est réglé ! lança une voix sonore.

Granger était revenu.

Sally se tourna vers lui en s'efforçant de dissimuler sa contrariété. Elle préférait attendre un moment plus propice pour tirer l'affaire au clair. Elle ne voulait surtout pas provoquer de scène en présence de son fils.

— Avez-vous choisi l'endroit où nous plongerons cet après-midi ? questionna Granger en la fixant de ses grands yeux clairs.

— Oui, répondit-elle d'une voix neutre. J'ai

repéré une anse magnifique avec de très beaux récifs de coraux.

— Parfait.

— Les nouvelles de Dallas sont-elles bonnes ?

— Excellentes. Endicorpe s'apprête à racheter une nouvelle société et Stewart avait besoin de mon consentement pour régler cette affaire. En principe, je ne devrais plus être dérangé, affirmat-il en lui prenant le menton.

Elle se recula.

— Tant mieux pour vous... nous sommes prêts à appareiller si vous le souhaitez...

— A vos ordres, capitaine !

Prestement, il enjamba le plat-bord pour sauter à quai, détacha le câble d'amarrage et l'envoya à Norman qui le réceptionna. Puis le ronronnement du moteur se fit entendre et il s'empressa de remonter à bord.

Sally sortit du bassin avec prudence. La tête bien droite, elle manœuvra habilement pour éviter les petites embarcations qui flottaient à droite et à gauche. Quand l'*Emeraude* commença à prendre le large, elle soupira. Pourquoi John Granger lui avait-il menti en Floride ?

Et la nuit dernière m'a-t-il menti également ? Jouait-il la comédie en prétendant m'aimer ?

Sally ravala ses larmes. Elle s'efforçait de se raisonner et de ne pas perdre son calme. Quelle idiote d'avoir cédé à ses élans ! se reprocha-t-elle vivement. N'était-ce pas la seconde fois qu'un homme la trahissait ? Et elle avait commis avec Granger la même erreur qu'avec Tom Manning ; elle était impardonnable.

Qu'il aille au diable ! se disait-elle, quand elle aperçut Norman. Penché au bastingage, il fixait, fasciné, le sillon argenté que traçait l'*Emeraude* sur l'eau turquoise. Aussitôt, par amitié pour lui, elle décida de feindre la bonne humeur jusqu'à la fin de la croisière. L'enjeu de ces vacances avec son père était capital. Norman n'avait-il pas besoin de toute son affection ? Sally tenait à éviter absolument que ses problèmes personnels entravent les relations entre le père et le fils.

Cette décision la soulagea immédiatement. De toute façon elle n'avait rien de mieux à faire que de rompre tout de suite avec Granger. Certes, elle l'aimait, elle l'admettait volontiers ; mais elle ne serait pas plus longtemps un jouet entre ses mains ! Comment ai-je pu me méprendre à ce point ? se demanda-t-elle, incrédule.

Elle haussa les épaules et guida l'*Emeraude* vers la crique où elle avait prévu de passer deux jours.

L'océan était calme. La lune, en forme de croissant, brillait dans le ciel étoilé. Mais ce soir, Sally restait indifférente à la beauté qui l'entourait. Debout sur le pont, elle se reprochait amèrement d'avoir été si démonstrative avec Granger.

Non sans peine, elle avait feint la gaieté tout au long de la journée. Même au dîner, elle avait fait bonne figure en mangeant le barracuda que John avait pêché. Mais, à présent, dans la solitude de la nuit, elle ne pouvait s'empêcher de revivre ces moments pénibles. A chaque manifestation de tendresse de la part de Granger, elle s'était efforcée de rester insensible, alors que son corps la trahissait.

Soudain, elle crut entendre le pas alerte de Granger derrière elle et elle redouta le pire. L'envie de fuir, de se réfugier dans sa cabine l'effleura, mais il était impensable que pendant deux semaines elle joue ainsi au chat et à la souris ! Elle eut un profond soupir et attendit l'inévitable affrontement.

Granger huma l'air particulièrement doux de cette nuit.

Il était d'excellente humeur et s'apprêtait à faire part de la bonne nouvelle à Sally : l'affaire sur laquelle il travaillait depuis un an était sur le point d'aboutir. Stewart lui avait téléphoné à ce sujet car il avait besoin de son feu vert pour procéder au rachat des parts de ladite société. Naturellement il le lui avait accordé.

Un sourire heureux aux lèvres, il franchit les quelques pas qui le séparaient d'elle et posa une main sur son épaule. L'odeur familière et délicate qui émanait de sa peau l'enivra aussitôt. Il pencha la tête et baisa sa chevelure. D'un mouvement brusque Sally se raidit ; lorsque ses lèvres effleurèrent sa gorge, exaspérée, elle s'écarta vivement de lui et libéra toutes les tensions et les sentiments qu'elle avait refoulés depuis le matin.

— Ne me touchez pas !

Interloqué, Granger se figea.

— Sally, voyons, que se passe-t-il ?

— Ce qui se passe ? Comme si vous ne le saviez pas ! lâcha-t-elle en reculant ostensiblement.

Malgré tout, elle redoutait la proximité dangereuse de cet homme.

— Expliquez-moi au moins ce qui ne va pas...

D'un mouvement de la main elle l'interrompit et reprit avec véhémence :

— Ce qui ne va pas ! Vous avez l'audace de me poser cette question, cria-t-elle, incapable de se contrôler. Vous êtes comme les autres, Granger, un menteur, un goujat, un horrible personnage !

— Sally...

— Cessez de me regarder comme une bête curieuse. Vous avez abusé de moi en me jouant la comédie !

Sally se tut un instant et observa la mine décomposée de John Granger. Elle devina alors dans ses prunelles une étrange lueur d'incrédulité.

— Inutile de feindre l'innocence. Vous m'avez trompée depuis le premier jour. Certes, vous avez orchestré l'ensemble d'une main de maître, mais pourquoi avez-vous jugé bon de parler d'amour ? C'était... superflu ! Mais plus fort que vous, n'est-ce pas ! Le grand jeu, en somme ! Je n'en demandais pas tant et vous le saviez.

Abasourdi, Granger s'interrogeait sur ce qui avait pu déclencher un tel éclat. Il affirma, d'une voix sourde mais assurée :

— Sally, je ne vous ai pas joué la comédie.

— Non ? Vraiment ?

— Ne me croyez pas si vous voulez mais c'est pourtant la vérité.

— Ne vous moquez pas de moi, répliqua-t-elle avec entêtement. Soyez honnête.

156

— Je ne vous ai pas menti, répéta-t-il d'une voix impatiente.

— Vraiment ? Dans ce cas, parlez-moi donc de votre père.

Granger cilla et elle crut déceler dans ses beaux yeux clairs la confirmation de ses doutes. Subitement sa colère se mua en tristesse et tous ses espoirs s'évanouirent.

— Sally, je venais justement vous dire que...

Mais devant le visage fermé de sa compagne il se tut et, lentement, hocha la tête.

C'était plus qu'elle n'en pouvait supporter. De peur de perdre l'équilibre elle pivota doucement et prit la direction de sa cabine.

Là, dans l'intimité de la petite pièce, Sally s'effondra sur sa couchette. Les paupières sèches, elle fixa le plafond. Même les larmes la trahissaient !

Le cœur meurtri, l'esprit confus, elle n'avait personne à qui se confier, ni de lieu où se réfugier. Elle se sentait seule à des milliers de kilomètres de chez elle.

Chapitre 9

Un grondement sourd réveilla Sally Morgan. Elle ouvrit les yeux et tendit l'oreille puis elle se détendit. C'était le générateur que Granger avait sûrement mis en marche pour remplir les bouteilles d'oxygène, pensa-t-elle.

Epuisée physiquement et moralement, elle soupira. Au mieux, elle avait dormi deux heures cette nuit-là ! Au moment de sortir de son lit, elle marqua une pause. Elle avait la pénible impression d'être égarée dans un monde où elle avait été attirée contre son gré.

Pourquoi était-elle de nouveau tombée dans le piège ? La première expérience amoureuse de sa vie ne lui avait donc pas servi de leçon ! Les souvenirs affluaient : les caresses et les mots tendres murmurés dans l'intimité de leur cabine, les conversations agréables qu'ils avaient eues sous le ciel étoilé... Dire qu'elle s'était jetée dans la gueule du loup ! Il savait sans doute, lui, à qui il avait affaire ! Après tout, il était en vacances ; n'était-ce pas le moment idéal pour se divertir en

158

jouant les séducteurs avant de rentrer chez lui où il oublierait aussitôt sa conquête ?

Ça suffit, se dit-elle avec dureté. Puis elle fit l'effort de se lever et de s'habiller. Peu après, elle se décidait à pénétrer dans la cuisine.

Norman qui préparait le café ne remarqua pas tout de suite sa présence. Un sourire aux lèvres, elle l'observa un moment. Il n'y est pour rien, songea-t-elle attendrie.

— Bonjour, Norman !

— Bonjour, répondit-il gaiement.

Soudain, il s'immobilisa et scruta son visage.

— Sally, vous vous sentez bien ?

Elle mentit.

— Très bien. Cette nuit je n'ai pas beaucoup dormi, comme cela arrive, parfois.

— Oui, approuva l'enfant. Au collège moi aussi je souffre souvent d'insomnies. Je vous sers du café ? s'empressa-t-il d'ajouter.

Visiblement, il ne paraissait pas enclin à approfondir ce sujet. Discrète, elle n'insista pas. Après tout, rien ne l'autorisait à des préoccupations maternelles.

Elle prit place à table et, en silence, goûta le café de Norman qui lui jetait des regards inquiets.

— Félicitations ! Il est délicieux.

— Tant mieux ! Je sais que vous n'appréciez pas beaucoup celui de papa...

— On parle de moi ?

Au son de sa voix, Sally frissonna. En vain elle tenta de se composer un visage impassible, et quand il prit place à ses côtés, elle évita soigneusement son regard.

— C'est prêt, papa. Puis-je servir ?

— Naturellement.

Granger se tourna vers Sally.

— Avez-vous bien dormi ?

— Pas mal, dit-elle par politesse.

Quand Norman déposa devant elle une assiette de nourriture elle ne put réprimer une grimace de dégoût.

— Vous n'avez pas faim ?

— Non.

Les yeux rivés à son assiette, elle avait parfaitement conscience de la tension qui se nouait. Soudain elle tourna la tête et aperçut Norman. L'enfant qui paraissait troublé dévisagea tour à tour les deux adultes.

— Ce n'est pas bon ? demanda-t-il à Sally.

— Si, mais ce matin je n'ai vraiment pas faim.

A son air malheureux, elle comprit qu'il souffrait du différend qui l'opposait à Granger.

— Et toi, papa, tu ne manges pas non plus ?

— Si. C'est délicieux, assura-t-il en goûtant une bouchée d'omelette aux pommes de terre.

Brusquement, Norman posa ses couverts et se leva d'un bond. Debout, le visage pâle, il dévisagea Sally et Granger.

— Non ! Ce n'est pas bon. Je vois bien que vous n'aimez pas ce que je vous ai préparé.

Les yeux brillants de larmes, il se rua hors de la cuisine.

— Merci, dit Granger avec raideur.

Avant de se lever, il la dévisagea.

160

— C'est moi que vous remerciez ? s'enquit-elle sidérée par cette accusation.

— Oui, vous. Norman se donne un mal fou pour préparer le repas et vous ne daignez même pas y goûter !

— Granger, vous n'êtes qu'un monstre d'égoïsme. En l'occurrence il ne s'agit ni de moi ni de nourriture. Votre fils est très émotif et il s'est rendu compte que quelque chose n'allait pas entre nous ; voilà ce qui le perturbe ! Restez ici à ménager votre sensibilité pendant que je m'occupe de lui, commanda-t-elle en quittant la cuisine d'un pas décidé.

Elle frappa discrètement à la porte de la cabine puis attendit. Devant le silence, elle appela :

— Norman ! C'est Sally.

— Allez-vous-en.

— Ecoutez, Norman, c'est moi qui commande sur ce bateau. Je vous demande de m'ouvrir immédiatement.

Elle dut attendre quelques instants avant de voir la porte s'ouvrir lentement. Le visage inondé de larmes, l'enfant leva les yeux vers elle.

— Puis-je entrer ?

Elle s'était exprimée avec douceur. Norman l'invita à pénétrer dans sa pièce. Il referma la porte derrière elle.

— Vous savez, Norman, le capitaine d'un bateau doit veiller à ce que tout marche bien à bord. Qu'est-ce qui ne va pas ?

L'enfant la dévisagea.

— Ce n'est pas à cause de cette histoire de déjeuner, n'est-ce pas ?

161

Il secoua la tête.

— Il faut que je le sache, Norman. Pour moi c'est très important, insista-t-elle.

— Pourquoi ?

Sally dissimula sa surprise et sourit.

— Parce que je vous aime beaucoup.

— Oh ! Plus pour longtemps ! Bientôt je retournerai au collège et vous m'aurez vite oublié.

Il lui tourna le dos.

Emue par les propos désespérés du jeune Granger, Sally sentit sa gorge se serrer. Elle s'appro-cha de lui et le prit dans ses bras.

— Non, je ne vous oublierai pas, Norman. Je vous promets de vous écrire.

— C'est inutile, sanglota-t-il.

Ses pleurs redoublèrent. Désemparée, Sally tentait de le calmer en tapotant tendrement son épaule.

— Je ne veux pas que vous m'écriviez... reprit-il, je veux que vous veniez vivre avec papa... et avec moi...

Incapable de maîtriser son émotion, elle pleura en silence. Puis elle s'efforça d'apaiser leur peine à tous les deux.

— Norman, regardez-moi.

A contrecœur l'enfant obéit.

— Je vous aime énormément, Norman, mais chacun doit reprendre sa vie. Bientôt vous retrouverez le collège, et moi l'agence de Key West avec mon père. J'aurais préféré que la situation évolue différemment, mais c'est impossible.

— Je le sais, renifla-t-il. J'espérais simplement que...

— Tout va bien, murmura-t-elle.

— Non, rien ne va plus entre papa et vous !

— C'est inexact, Norman. En réalité nous avons peu de choses en commun. Nous habitons des Etats éloignés et nous n'exerçons pas le même type d'activités. La croisière terminée, nous prendrons chacun des chemins différents, ce qui ne nous empêchera pas de garder des contacts amicaux. Je vous écrirai de temps en temps...

— C'est promis ? questionna-t-il, une lueur d'espoir dans les yeux.

— Juré, assura-t-elle avec un sourire affectueux. Eh bien ! si nous retournions à présent prendre notre petit déjeuner avant qu'il ne soit complètement froid ? suggéra-t-elle.

Norman se résigna enfin à rire. Il se leva et accepta d'un hochement de tête. Main dans la main, ils pénétrèrent dans la cuisine sous le regard inquisiteur de Granger.

En silence, ils se restaurèrent. Puis Norman se mit à laver la vaisselle et Sally monta sur le pont.

Tendue, elle contempla le rivage qui se découpait sur le ciel d'un bleu profond. La peine de l'enfant l'avait profondément ébranlée. Mais comment y remédier ? Soudain elle sentit une présence derrière elle et fit volte-face. Elle croisa le regard de John Granger.

— Vous me devez quelques explications, souffla-t-il.

Elle acquiesça d'un mouvement de tête. John

s'avançait vers elle quand, brusquement, il dévia pour s'appuyer au bastingage.

— Sally, il s'agit d'une lamentable erreur. Je suis désolé...

Elle sentit son visage s'empourprer et baissa les yeux.

— Vous faites bien d'être désolé.

— Je le suis sincèrement. A cause d'un malentendu nous...

— Cessez de dire « nous » !

Les mains de Granger se crispèrent sur le filin. Décidément elle lui permettait rarement d'achever une phrase ! Lui demander pardon ne servirait probablement à rien.

— D'accord, Sally, je m'incline. Inutile de poursuivre ce voyage dans ces conditions. Ramenez-nous à Antigua et nous prendrons le premier avion pour Dallas, déclara-t-il d'une voix tranchante.

Encore émue par sa conversation avec Norman, elle répliqua :

— Pas question. Vous avez signé pour six semaines et j'ai bien l'intention d'honorer votre contrat jusqu'au bout ! Faites comme si rien ne s'était passé entre nous. Considérez-moi dorénavant comme le skipper de l'*Emeraude*. Quant à moi, je vous traiterai, Norman et vous-même, comme des passagers ordinaires. Il n'aurait jamais dû en être autrement.

— C'est absurde. Comment pourrais-je oublier ?

— Non seulement vous le pourrez mais vous le devrez, impérativement. Vous avez à bord de ce bateau un enfant de dix ans en mal d'affection et qui n'a que son père au monde. Un conseil : poursuivez vos vacances normalement avec lui avant de le renvoyer dans l'enfer de son collège !

Granger l'avait écoutée avec attention. Elle avait raison, il le savait : rien ne devait entraver le déroulement de cette croisière avec Norman. Après un temps de réflexion, il se tourna vers elle.

— Entendu, marmonna-t-il.

— Qu'est-ce que cela signifie ?

— Vous avez gagné. La croisière continue ! Ainsi nous ne décevrons pas Norman.

— Vous ne le décevrez pas, corrigea-t-elle vivement, soulagée par ailleurs qu'il ait accepté sa proposition.

— Quant à nous, enchaîna-t-il, nous devrons faire un effort pour nous supporter si nous voulons que la vie à bord soit tolérable !

— Je...

Elle marqua une pause.

— J'y veillerai, affirma-t-elle.

— C'est tout ce que je vous demande.

La main tendue, il s'approcha et le cœur de Sally se mit à battre très fort. Subitement elle prit peur.

— Que craignez-vous ? Je voulais simplement vous serrer la main.

Lentement, elle s'avança et lui offrit la sienne. Le visage impénétrable, elle tenta de dissimuler le trouble qu'elle ressentit.

Nageant sous l'eau, Sally n'entendait que le bruit de sa respiration. L'*Emeraude* était ancré au-dessus d'elle ; Norman et John évoluaient à trois mètres au-dessous. Malgré la profondeur l'eau de la crique était claire.

Granger et son fils exploraient les fonds depuis une demi-heure. Dans dix minutes Sally donnerait le signal de la remontée.

En trois semaines, elle avait pu observer les progrès spectaculaires de Norman. Il était devenu un plongeur expérimenté et elle en éprouvait une fierté quasi maternelle.

Un frisson la parcourut à la vue du corps athlétique de Granger qui répondait à un appel de son fils. Norman lui tendit un objet qu'il examina. Fascinée par cet homme qui l'attirait irrésistiblement, elle ne se rendit pas tout de suite compte de la disparition de l'enfant. Soudain, elle tournoya, le repéra et eut un terrible pressentiment.

Norman tournait autour d'un petit récif de corail dont il examinait la surface d'une main gantée de caoutchouc. Quand il insinua ses doigts dans l'ouverture, Sally s'empressa de le rejoindre et de le tirer par les pieds. Granger s'approcha aussitôt d'eux. Son angoisse dissipée, elle leur fit signe de la regarder. Un morceau de corail à la main elle s'approcha du trou et l'introduisit avec précaution. Au second essai, l'eau bouillonna. Sally tira de toutes ses forces sur la fleur marine, le temps de faire sortir la tête de la murène qui serrait le bout de corail entre ses dents redoutables. Quand elle lâcha sa prise, les trois observateurs virent le morceau disparaître dans la grotte.

A son signal, Norman remonta à la surface, entouré d'une coulée de bulles, suivi par les deux adultes. Soudain, dans un élan de reconnaissance, John s'empara de la main de Sally : cette attention la toucha.

Peu après, ils ôtaient leur tenue de plongée sur le pont. Norman était blême. Elle le sécha dans sa grande serviette.

— Comment ça va ? questionna-t-elle.

L'enfant se contenta de hocher la tête.

— Norman, enfin, qu'est-ce qui t'a pris ? tonna Granger.

— Papa, je suis désolé...

— Tu ne réponds pas à ma question. Pourquoi as-tu fait cela ? répéta-t-il.

— Je ne sais pas... Je voulais trouver d'autres pièces comme celle que je t'ai montrée. Il m'avait semblé en apercevoir une justement dans le trou...

— Pourtant nous t'avons recommandé mille fois de ne pas t'éloigner et surtout de ne jamais mettre tes mains dans des recoins sombres ! C'est une règle élémentaire.

— En effet, murmura Norman. Je suis navré, papa, je ne recommencerai plus.

— J'espère bien ! La murène est un poisson terriblement dangereux.

— La murène ? Plus que le barracuda ?

Granger se radoucit pour expliquer :

— Le barracuda laisse en paix les gens à condition qu'ils ne s'approchent pas. En revanche, la murène défend son territoire : elle attaque et mord tout ce qui y pénètre. Pire encore, on ne la voit qu'au dernier moment. Dès qu'elle saisit quelque chose dans sa gueule, c'est fini, elle ne le lâche plus. Tu comprends à présent le danger que tu courais ?

— Oui, papa... je ne commettrai plus d'imprudence, je te le jure !

— C'est dans ton intérêt, mon fils !

Granger donna à Norman une tape amicale puis se tourna vers Sally.

— Sally... je vous remercie.

— J'ai eu ma dose d'émotions pour la journée.

Pour la première fois depuis la veille, elle eut un rire cristallin.

Inspirant profondément, elle contempla le matériel épars sur le pont.

— Eh bien ! Il nous reste encore une corvée avant le déjeuner, fit-elle remarquer.

— A vos ordres, capitaine, répondirent en chœur le père et l'enfant.

En fin d'après-midi, l'heure était à la détente. La séance de plongée s'était, cette fois-ci, déroulée normalement et Norman avait étalé sur le pont ses trouvailles de la journée. Il y avait entre autres trésors de nouvelles pièces métalliques.

Granger s'amusa à en gratter une à l'aide d'un canif. Soudain, il émit un sifflement admiratif.

— Ma parole, Norman, tu as découvert un trésor !

Ebahi, l'enfant fixa l'objet doré.

— Qu'est-ce que c'est ? questionna-t-il.

— De l'or.

— Oui, monsieur, confirma Sally en l'examinant à son tour, il s'agit bien d'une monnaie ancienne !

L'enfant bondit de joie.

— Nous sommes riches à présent ?

— Tu es riche, corrigea son père. C'est à toi que revient cette petite fortune.

Le rire joyeux de l'enfant emplit l'air.

— Papa, Sally, est-ce que demain matin nous pourrons rester dans cet endroit pour en chercher d'autres ?

— Nous verrons, répondit Granger en plongeant son regard dans celui de la jeune femme. As-tu faim ?

— Oh ! oui ! Une faim de loup !

Il tendit son couteau à Norman qui astiquait la pièce avec un mouchoir.

— Continue à décaper pendant que je descends préparer le dîner. Tu as eu une journée bien remplie aujourd'hui.

— Merci, papa, fit l'enfant sans lever le nez.

John Granger tourna les talons et Norman poursuivit sa tâche sous l'œil attentif de Sally.

Chapitre 10

Seul au salon, un whisky à la main, John Granger réfléchissait. Il devait absolument trouver un moyen pour convaincre Sally de sa sincérité. Il l'aimait, il la désirait et il n'avait nullement l'intention de se séparer d'elle.

Je n'ai jamais renoncé à un projet, se dit-il, ce n'est pas le moment de commencer ! Il posa son verre et se leva, l'air décidé. A présent, il n'était plus question de remettre l'entretien à plus tard. D'un pas vif, il grimpa sur le pont.

— Coucou ! papa, fit Norman en riant.

A la vue de son fils, debout dans le cockpit, les mains sur la barre, il s'immobilisa. Sally se tenait près de lui.

— Tu ignorais que je savais manœuvrer le bateau, n'est-ce pas ? déclara-t-il avec fierté.

— En effet, avoua Granger, j'ignorais tes nouvelles fonctions.

Granger devrait attendre pour parler à Sally... Il demanda :

— Comment se débrouille-t-il ?

— Il pourra bientôt naviguer en solitaire, observa-t-elle.

— Cela ne m'étonne pas.

— Lui non plus, ajouta-t-elle.

Son visage s'éclaira. Elle adressa même à Granger un sourire radieux. D'un mouvement de tête, elle indiqua l'horizon.

— Nous y sommes presque !

— A la Martinique ?

— Youpee ! s'écria l'enfant.

Effectivement, malgré la brume, une montagne se découpait sur le ciel gris-bleu. En cet instant Granger ressentit un serrement de cœur. Cette étape, la dernière, marquerait inéluctablement la fin du voyage.

— Quand arriverons-nous ?

— A la tombée de la nuit. Nous mouillerons l'ancre dans la baie et demain nous débarquerons.

— Bon ! Je vous laisse tous les deux à vos problèmes de navigateurs !

Au salon, il s'assit sur la banquette. Décidément il n'avait vraiment pas de chance. Chaque fois qu'il avait l'intention de s'épancher, un obstacle se dressait. Enfin, cette fois, ce n'était que partie remise, se jura-t-il.

Sally avait poussé un soupir de soulagement lorsque Granger s'était éloigné. Elle avait lu sur son visage une évidente déception. La présence de Norman avait, sans doute, contrarié ses projets...

Penchée sur la boussole, elle vérifia la trajectoire de l'*Emeraude* puis ferma un instant les yeux.

Cette semaine s'était écoulée d'une manière extrêmement bizarre qui lui laissait une drôle d'impression. Le temps lui avait semblé à la fois court et interminable.

Sally ouvrit les yeux par prudence puis les referma aussitôt. Un mois! Un mois venait de passer! Un mois d'amour et de trahison. Le temps aussi de s'attacher terriblement à Norman... Mais, bientôt, que resterait-il de cette croisière pas comme les autres?

Après dîner, ce soir-là, Granger s'installa au salon avec un livre. Norman était couché et Sally ne tenait pas en place. Elle remonta sur le pont respirer l'air de la nuit. Appuyée au bastingage, elle se perdit dans la contemplation du ciel de la Martinique. Quand elle entendit prononcer son nom, elle cligna des yeux et se retourna.

— Qu'y a-t-il? murmura-t-elle sur le qui-vive.

— Il faut absolument que je vous parle.

— Oh! Je pensais que nous nous étions déjà tout dit...

— Je vous en prie. J'ai besoin de m'exprimer. Accordez-moi une trêve.

— Seriez-vous donc prêt à capituler? railla-t-elle.

Au fond d'elle-même, elle savait que cette conversation serait déterminante.

— Je vous aime, Sally, voilà la vérité!

— Par pitié! Epargnez-moi ce genre de déclaration.

172

Elle se devait d'être méfiante, même si cela faisait très mal. Jamais, plus jamais, elle n'abandonnerait son cœur. Ni à Granger, ni à un autre.

— Enfin, Sally, vous ne pouvez pas...

— Ça suffit, coupa-t-elle vivement.

— Allez-y ! Interrompez-moi une fois de plus ! Vous avez l'habitude, n'est-ce pas ? Pourquoi cette attitude ? La vérité vous fait-elle peur ?

— Non ! riposta-t-elle trop vite.

Sur la défensive, elle recula d'un pas.

— Non ? Qui ment à présent ?

Interdite, elle le dévisagea.

— Jamais je ne vous ai menti, moi ! assura-t-elle en soutenant son regard.

— Si, à l'instant même, murmura-t-il. Souvenez-vous. A Freeport, par exemple... Ce soir-là, je m'apprêtais à vous révéler ma véritable identité quand vous vous êtes dérobée... Maintenant êtes-vous disposée à m'écouter ?

— Vous jouez avec moi, Granger... Je vous suggère d'aller plutôt rendre visite à cette Laura Stepland. Elle sera ravie de se laisser séduire.

— Mais je vous aime...

— Je ne vous crois pas. Inutile d'insister !

Bouleversée, elle se tourna vivement pour dissimuler son trouble mêlé de désarroi. Soudain, son esprit lui parut tout embrumé.

— Je n'ai pas le choix, marmonna-t-il, d'une voix étouffée.

Elle ne l'entendit pas...

Le cœur à vif, il souffrait, quand tout à coup sa colère se mua en un vide douloureux. Certes il n'avait qu'une seule envie, la prendre dans ses

173

bras, la caresser, la réconforter, l'aimer, enfin, de tout son être...

Lentement il fit demi-tour et s'éloigna. Mais le pied sur le premier échelon de l'escalier, il se retourna. A la vue de cette silhouette qui se découpait sur la nuit il ne put se résoudre à descendre.

— Sally, appela-t-il.

— Laissez-moi tranquille, dit-elle, les joues inondées de larmes.

— Non !

Prestement, il la rejoignit et, avant qu'elle n'ait pu réagir, l'attira au creux de son épaule. Le souffle coupé par l'émotion, elle le regarda fixement.

Regards mêlés, ils sentirent leurs corps s'enflammer. Inclinant doucement la tête, il effleura ses lèvres. Elle eut beau tenter de marteler son torse à petits coups de poing, l'étreinte virile de cet homme la retenait agréablement prisonnière. Soudain, l'ardeur de son baiser la bouleversa.

Pourtant, d'un mouvement brusque, elle s'écarta de cette bouche ravageuse et tenta de protester. Mais un regard de Granger suffit à l'en dissuader. Au même instant, elle vit clair en elle. Un sanglot s'échappa de sa gorge. Granger lui caressa tendrement les épaules.

— Vous êtes diabolique, Granger, murmurat-elle. Si vous saviez comme je m'en veux de vous aimer !

Elle lui offrit ses lèvres...

Quand il s'écarta pour la tenir à bout de bras, il la contempla, le souffle rauque.

174

Après avoir, toute une semaine, refoulé sentiments et désir, subitement, il éprouvait un amour plus ardent que jamais. Incapable de résister davantage, il l'étreignit, l'embrassa d'une langue avide et caressante jusqu'à en perdre haleine.

Lentement, sans interrompre leur baiser, il s'allongea sur le pont et contempla longuement sa compagne.

Les paupières closes, les lèvres brillantes, la poitrine palpitante de désir, elle était parfaitement irrésistible... Il se pencha vers sa gorge ambrée qu'il effleura délicatement, puis fiévreusement.

En dehors d'eux plus rien n'existait. Plus rien ne comptait pour Sally ; ni passé ni futur. Aveuglée par l'amour, elle était passionnément attachée à lui.

Il eut une voix rauque.

— Sally, j'ai envie de vous, maintenant, ici même.

Dans un ultime sursaut de lucidité elle faillit protester, mais, d'un baiser, Granger l'arrêta. De toute façon, il était bien trop tard pour qu'elle puisse s'arracher à ses caresses ardentes. Elle était sous le charme, littéralement envoûtée...

Gémissante de plaisir, elle suivit le jeu magique de ses doigts sur sa peau brûlante. Quand ses lèvres se saisirent de la pointe brune d'un sein, elle se cambra pour se perdre au jardin des délices... Sans répit, il la couvrait de baisers, de caresses. Soudain, il la dévêtit d'une main experte puis à son tour ôta ses vêtements. Eclairé par le halo de la lune, son corps lui parut encore plus beau, plus désirable que jamais.

Dans le cœur de Sally, la peur sourdait. Sa faiblesse l'agaçait encore. Mais dès que Granger se glissa, nu, à ses côtés, elle cessa de se tourmenter et redoubla de tendresse. Elle le désirait de tout son être, de tout son cœur. Soudain, il s'allongea sur elle et enserra sa taille d'une main impérieuse pour mieux la presser contre lui. Un instant, ils demeurèrent immobiles, soudés l'un à l'autre, goûtant cette merveilleuse chaleur qui montait en eux avec une lenteur délicieuse. Puis leurs lèvres se frôlèrent et se fondirent tendrement. Alors, doucement, Granger la pénétra.

Les paupières closes, Sally s'abandonna à cet homme amoureux qu'elle aimait par-dessus tout. Plusieurs fois, tandis qu'il la guidait vers des sommets lumineux, il lui chuchota des mots tendres qui la comblèrent de joie. Quand, défaillante de plaisir, elle l'enlaça fiévreusement, elle lui avoua son amour. Leurs corps emmêlés, immobiles, ils retrouvèrent lentement le rythme normal de leur respiration.

Sally insinua ses doigts fins dans la chevelure de Granger en s'efforçant d'oublier les pensées noires qui l'assaillaient.

— Sally, murmura-t-il en l'observant intensément, je suis sincère, vous savez.

— Oui, à présent, je vous crois.

Ils s'embrassèrent avec une tendresse infinie. Puis Granger s'écarta légèrement.

— Dormons-nous ensemble cette nuit ?

Muette de bonheur, elle hocha la tête en signe d'assentiment.

Granger se mit debout et l'invita à se relever.

Dans le couloir des cabines, Sally s'immobilisa devant la cabine de son passager.

— Allons chez vous, murmura-t-elle.

— D'accord.

Au réveil, il éprouva quelques secondes de flottement... Puis, il tourna la tête et découvrit qu'il était seul dans son lit. Il s'assit et se frotta les yeux. Une lumière claire entrait par le hublot ; l'aube commençait à poindre.

Debout, il promena son regard autour de lui et sourit à la vue de ses vêtements posés sur une chaise. Sally avait eu la délicatesse de les lui rapporter.

Il sortit du linge propre de la commode et alla prendre une douche.

Pendant ce temps, sur le pont, Sally observait le lever du soleil ; elle tentait vainement de dissiper une sourde mélancolie.

A peine s'étaient-ils retrouvés dans la cabine de John Granger qu'ils s'étaient à nouveau aimés, cette fois différemment, avec une tendresse et une intensité nouvelles. Ensuite dès qu'il s'était assoupi dans ses bras, Sally s'était discrètement éclipsée. D'abord elle avait récupéré leurs vêtements sur le pont puis elle était revenue se perdre dans la contemplation du ciel. En proie aux remords, elle s'était mise à pleurer. Pourquoi donc avait-elle cédé à cet homme qui dans quelques jours disparaîtrait définitivement de sa vie... ?

Quand Granger fit irruption sur le pont et l'aperçut installée dans une chaise longue, il s'approcha pour l'embrasser et remarqua alors ses yeux rougis par les larmes.

— Pourquoi pleurez-vous ? s'enquit-il avec anxiété.

— Parce que je suis une idiote, murmura-t-elle.

— Sally...

Il ne sut trouver ses mots.

— Ne vous inquiétez pas, vous n'y êtes pour rien, dit-elle.

— C'est à cause de cette nuit ?

En silence, elle hocha la tête. Mais lorsqu'elle vit l'ombre du désespoir assombrir son visage, elle se pencha vers lui et l'embrassa.

— Je vous aime, je ne le nie pas, mais je ne peux m'empêcher de songer à l'avenir. Bientôt notre conte de fées sera terminé.

— Tout dépend de vous, Sally.

— Non, la vie est ainsi faite ; c'est le cours normal des choses, souligna-t-elle avec tristesse.

Granger faillit réfuter vivement cet argument mais il préféra s'abstenir. Cela ne servirait à rien. Tant qu'elle n'aurait pas, elle-même, résolu le fond du problème, elle continuerait à lui opposer un refus obstiné.

— Très bien, Sally ! Je refuse de lutter davantage. Je vous aime moi aussi, mais je me sens impuissant. Vous seule pouvez trouver une solution. Ensuite nous en reparlerons.

Il s'éloigna.

Au même instant, l'aube se leva.

— Bonjour, murmura-t-elle.

Un salut destiné à la fois à Granger et à l'astre de vie.

Chapitre 11

Fort-de-France est une ville charmante. Un mélange d'architecture ancienne et de constructions modernes fait son originalité.

Norman et son père flânaient dans une rue escarpée quand ils repérèrent un petit restaurant en terrasse.

— Si nous déjeunions là ?

— Avec plaisir, répondit l'enfant.

Dans un français impeccable, Granger commanda le repas.

— Qu'as-tu choisi ? s'enquit Norman avec curiosité.

— Une spécialité locale...

— Qu'est-ce que c'est ?

— Tu verras bien.

— Oh ! papa, soupira-t-il.

— Patience ! Je suis sûr que cela te plaira !

— Pourquoi Sally n'est pas venue avec nous ? demanda brusquement Norman.

Un instant, Granger observa son fils.

— Tu n'en sais rien ?

— Si, mais c'est difficile à expliquer.

— Tu ne veux pas me le dire ?...

L'arrivée du serveur détourna l'attention de l'enfant qui ouvrit des yeux ronds à la vue des assiettes.

— Ce sont des crabes farcis, Norman. Je les ai demandés pas trop épicés pour toi.

— Merci, papa !

Tout en regardant son fils manger, Granger repensait à la nuit dernière. Son amour, il l'avait prouvé avec des mots tendres et une symphonie de caresses. Et pourtant, il n'était pas parvenu à la rassurer. Ce matin, il l'avait quittée à contre-cœur. Jamais il n'aurait la patience de l'attendre... Comment la convaincre ?

La voix de Norman le tira de sa méditation. En guise de réponse, il arqua les sourcils.

— Tu n'as pas faim, papa ?

— Si, si, bien sûr, assura-t-il.

Il prit un crabe, le dégusta. Puis il dévisagea longuement son fils avant d'expliquer :

— Ecoute, Norman, si Sally ne déjeune pas avec nous c'est parce qu'elle a peur de moi.

— Pourquoi ?

— Je ne sais pas très bien... Tu te souviens de ce que tu as ressenti lorsque tu es entré pour la première fois au collège ?

L'enfant hocha la tête.

— Une certaine appréhension ?

— Oui. J'étais très jeune...

— L'âge ne compte pas, tu sais. Le changement affecte certaines personnes et je crois que c'est un mal incurable. C'est le cas de Sally, je pense... Quels sont tes sentiments à son égard ?

— Je... je l'aime, papa.

— Moi aussi, répondit tranquillement Granger.

— Alors, tout est parfait !

— Non, mon chéri. Il ne suffit pas que nous l'aimions...

— Pourquoi, elle ne nous aime donc pas ?

— Si, j'en suis persuadé.

Devant la perplexité de son fils, Granger s'arma de courage, parla à cœur ouvert... Et fut surpris par la compréhension que manifesta l'enfant.

— Si elle te reproche quelque chose de grave, comment peux-tu l'ignorer ?

Il touchait là le fond du problème.

— Je n'y suis pour rien mais cela s'est passé au sein de l'une de mes sociétés, paraît-il.

— Lui as-tu posé la question ?

— Oui, mais elle refuse obstinément de me répondre.

— Et si je le lui demandais, moi ? proposa-t-il spontanément.

— Merci, c'est gentil, mais je doute de l'efficacité de ton intervention.

— Enfin, papa, cela me semble impensable ! En as-tu parlé à oncle Stewart ?

— Bon sang !

— Qu'y a-t-il, papa ?

— Tu as raison, Norman, je vais appeler oncle Stewart ; il possède sans doute la clef de l'énigme !

182

Il marqua une pause et sourit.

— Norman, je l'aime et je souhaite l'épouser. Qu'en penses-tu ?

Emu, l'enfant garda le silence. Mais son regard brillant exprimait un accord sans réserve.

— A présent, ne perdons plus une seconde. Mettons sur pied notre plan. Es-tu prêt à m'aider à conquérir Sally ?

— Oh ! oui !

— Parfait, en ce cas, voilà ce que je suggère...

Sally consulta sa montre puis jeta un coup d'œil sur le quai. Ils ont une demi-heure de retard, songeait-elle, en proie à une vague inquiétude quand soudain, elle les vit apparaître.

— Nous sommes désolés d'arriver si tard, déclara John Granger en montant à bord.

— Pourquoi ? Vous êtes en vacances, ne l'oubliez pas ! dit-elle gaiement. C'était bien, Norman ?

— Oh ! oui, répondit l'enfant avec un clin d'œil joyeux.

— Sally, voyez-vous un inconvénient à ce que nous restions ici jusqu'à demain ? J'ai des affaires à régler ici.

— Pas de problème ! Préférez-vous rester au port ou ancrer dans la baie ?

— Au port. A propos, Norman, n'oublie pas que tu es de service ce soir...

— Vous cuisinez drôlement bien ! observa l'enfant en lavant la vaisselle pendant qu'elle buvait son café.

— Merci, monsieur.

Elle avait, pour le déjeuner, accepté de sortir avec ses deux passagers.

Pour la première fois depuis le matin, elle s'était sentie bien en compagnie de Granger. Quand il avait quitté le bateau pour un rendez-vous d'affaires, elle était restée en tête à tête avec Norman.

— Sally, commença-t-il, en soutenant son regard, puis-je vous poser une question... personnelle ?

Elle le dévisagea avec intérêt et curiosité.

— Bien sûr.

— Tenez-vous vraiment à rester skipper toute votre vie ?

— Pas forcément, répondit-elle sur la défensive.

— Que pensez-vous faire après ?

— Je n'ai pas réfléchi à cette question.

— C'est difficile d'être mère ?

La jeune fille frissonna. Norman avait de toute évidence une idée bien précise derrière la tête.

— Je l'ignore. Qu'est-ce qui vous tracasse, Norman ?

— Pourquoi n'aimez-vous plus mon père ?

Désarçonnée, elle marqua une courte pause.

— Je ne le déteste pas. Mais nous ne sommes pas d'accord sur tout.

— Vous l'aimez toujours, alors ?

— Oui...

— Je ne vous comprends pas.

— Norman, la situation est simple. Je suis bien avec vous deux. Mais quand la croisière sera

184

terminée, chacun s'en retournera chez lui ; vous au Texas et moi en Floride.

— Pas forcément, dit-il d'une voix étranglée par l'émotion.

Attendrie, elle lui caressa la main.

— Vous savez, Norman, votre père est un homme qui consacre sa vie à son métier. Il n'a pas le temps de s'occuper de vous... Comment voudriez-vous qu'il prenne soin d'une femme ?

— Mais si vous étiez mariés, vous seriez toujours ensemble et moi je n'irais plus en pension.

— Si seulement c'était possible ! Hélas, nos conceptions de vie divergent !

— Mais il vous aime lui aussi...

— Norman, je regrette...

— Moi aussi, répliqua-t-il, les yeux brillants de larmes.

Devant la tristesse manifeste de l'enfant elle regretta doublement son erreur.

— Dites-moi, mon jeune ami, que diriez-vous d'un petit tour en ville ?

— Avec plaisir, mais je dois d'abord ranger la cuisine.

— Ce n'est pas la peine, je m'en chargerai en rentrant.

Pendant que Norman déambulait avec une gaieté feinte dans le vieux quartier de Fort-de-France, John Granger prenait le café au Grand Hôtel, entouré de ses collaborateurs. Malgré l'attention qu'il portait à cette réunion, Sally l'empêchait parfois de se concentrer. Jusqu'à présent il était toujours parvenu aux buts qu'il s'était fixés et pour rien au monde il ne renoncerait aussi facilement à elle. Pour mener à bien son plan, il y mêlait Norman. Non sans scrupules... Si l'enfant échouait à convaincre Sally, comment ressentirait-il cet échec ?

— Qu'en pensez-vous, M. Granger ?

Granger se redressa et dévisagea distraitement le chef de publicité.

— Excusez-moi, j'étais ailleurs. Pouvez-vous répéter, je vous prie ?

— Je disais que la répétition aurait lieu à huit heures précises demain matin et la projection à treize heures. Cela vous convient-il ?

Granger hocha positivement la tête puis but une gorgée de café.

— Très bien. Je n'assisterai probablement pas au tournage mais je serai là pour la projection.

Après une courte pause il posa sa tasse.

— Envoyez-moi une voiture à Laurel Cove où sera ancré mon yacht ; il y a une route qui mène jusqu'à la plage.

— Naturellement, sourit l'interlocuteur. M. Aldeman nous avait bien recommandé de penser à ce détail. Désirez-vous avoir un chauffeur à votre disposition ?

— Non, c'est inutile.

En effet Granger connaissait parfaitement l'île pour y avoir séjourné plusieurs fois.

— Où aura lieu la projection ? questionnat-il.

La directrice de production intervint.

— Dans la propriété des Lemont, annonça-t-elle gracieusement en lui remettant une carte avec un plan dessiné au dos de l'adresse.

— Bien, dans ce cas plus rien ne nous retient ici ce soir, j'imagine ?

— En effet, nous avons fait le tour de la question, déclara Tom Manning en se levant à son tour. M. Granger, j'aimerais vous dire combien votre présence nous stimule. J'espère que vous serez satisfait.

— Certainement, Tom, répondit-il en lui serrant chaleureusement la main. Mesdames et messieurs, je vous prie de m'excuser, mais j'ai quelques coups de téléphone à donner.

Dans un recoin de la pièce il composa l'international pour obtenir Dallas. Depuis le déjeuner il avait eu le temps de songer à son ami et la conclusion était évidente : Stewart savait ! Le souvenir de leur dernière conversation n'en était-il pas la meilleure preuve ? Sinon pourquoi lui aurait-il conseillé de taire sa véritable identité ?

Il entendit alors la voix de son associé à l'autre bout du fil.

— Granger ! Des difficultés ?

— Stewart, tout va très mal.

— Enfin, je ne comprends pas. L'agence m'a téléphoné cet après-midi pour m'affirmer que tout marchait comme sur des roulettes ! Que se passe-t-il ?

— Stewart, il ne s'agit pas du film publicitaire. Vous m'avez bien eu en tout cas. A présent, dites-moi la vérité. Que diable est-il arrivé à Sally Morgan ?

— Maintenant ? Ecoutez, Granger...

— Ne tergiversez pas, coupa-t-il vivement.

— Granger, avez-vous confiance en moi, oui ou non ?

— Il y a encore cinq minutes, oui. A présent, j'ai des doutes.

— Je ne vous ai pas menti. Mais j'ai donné ma parole d'honneur de ne rien révéler.

— Vous savez tout, j'imagine ?

— Oui. Seulement, l'information m'a été confiée en échange de mon silence.

— Stewart, vous me le paierez ! Attendez mon retour...

Il lui vint une idée ; il changea de ton.

— A qui avez-vous fait cette promesse ? enchaîna-t-il.

Un long silence s'installa entre eux.

— Pourquoi tenez-vous tant à le savoir ? Quelle importance maintenant ? La croisière est pratiquement terminée !

— Pour moi, c'est capital !

— Granger, personnellement je suis tenu au secret mais permettez-moi de vous donner un conseil : téléphonez à Steve Morgan.

— Son père ?

— Je vous communique son numéro.

— Tout de suite !

Quand il eut raccroché, il contempla un long moment le récepteur. Plus il y pensait et plus cette histoire lui paraissait étrange. Certes il avait confiance en Stewart. Or si celui-ci lui cachait quelque chose, ce ne pouvait être sans raison.

Il s'apprêtait à soulever le combiné lorsque

quelqu'un l'interpella. Il se retourna et reconnut Tom Manning.

— Si vous désirez vous joindre à nous quand vous aurez terminé, nous sommes tous au bar.

Granger hocha la tête et composa le numéro de Steve Morgan. En attendant la liaison il pivota et observa le salon où Tom Manning reprenait sa place parmi ses collègues.

Sa conversation téléphonique achevée, il resta songeur. Pas étonnant qu'elle m'en veuille, se dit-il. Elle a de très bonnes raisons de se méfier de moi après avoir été blessée, trahie de la pire des façons.

Il quitta la cabine et fixa le groupe de publicitaires d'un œil noir. En particulier Thomas Manning qui, un verre à la main, caressait de l'autre les épaules nues de l'un des mannequins.

Lentement il parvint à se détendre. Il ne quittait pas Manning du regard. Soudain un sourire malicieux se dessina sur ses lèvres. Sous l'effet de la colère il venait d'échafauder le plan d'une terrible vengeance qu'il ne tarderait pas à exécuter.

Steve Morgan, effondré sur le fauteuil de son bureau, ferma les yeux et lissa ses cheveux en arrière. Ai-je eu raison d'agir ainsi? se demandait-il.

Quand Granger lui avait abruptement intimé l'ordre de lui parler de la mésaventure de sa fille il avait été à deux doigts de lui raccrocher au nez. Heureusement, son interlocuteur s'était radouci et lui avait ouvert son cœur.

189

Après une déclaration aussi sincère il avait pu difficilement lui cacher plus longtemps la vérité sur les démêlés de Sally avec la société Meredith.

Tant pis si sa fille lui en voulait, pensait-il, Granger lui apparaissait comme le sauveur, l'homme capable de faire refleurir l'amour dans le cœur de Sally.

Chapitre 12

A peine éveillée, Sally se leva prestement. En s'habillant elle repensa à la veille au soir. De retour de sa promenade nocturne, dans un accès de mélancolie et de fatigue mêlées, elle avait couché l'enfant et pris une douche avant de sombrer dans un sommeil de plomb.

Elle chaussa ses espadrilles blanches puis quitta la cabine. Dans le couloir flottaient d'alléchantes odeurs. Norman était sûrement levé, pensa-t-elle machinalement. Quel enfant merveilleux ! Non seulement il apprenait vite mais il s'attachait à réussir tout ce qu'il entreprenait. Ah ! si son père lui ressemblait... Ça suffit ! se reprocha-t-elle vivement avant d'entrer dans la cuisine.

— D'accord, mon fils ?

Granger leva la tête et aperçut Sally.

— D'accord !

Il donna une tape amicale à Norman et sourit au skipper de l'*Emeraude*.

— Bonjour, firent-ils en chœur.

— Bonjour, répondit-elle. Prêts à lever les amarres ?

— Oui, capitaine, répondit Granger. Après le petit déjeuner, j'espère ?

— Naturellement.

Une demi-heure plus tard, l'*Emeraude* naviguait vers la dernière escale.

Peu avant d'arriver à Laurel Cove, Sally entendit le pas de Granger. Elle se retourna et vibra intensément devant la lueur qui brillait dans ses yeux turquoise.

— Puis-je m'asseoir près de vous ?

— Je n'ai pas le choix, répondit-elle abruptement.

Elle sourit pour atténuer la dureté de ses propos.

— Avez-vous déjà oublié notre pacte ?

— C'est vrai. Pardonnez-moi.

— D'accord ! Sally, je viens de bavarder avec Norman et j'ai l'impression qu'il joue les intermédiaires entre nous !

— En effet.

— Ne lui en voulez pas trop. En tout cas je l'ai prié dorénavant de s'abstenir.

— Ce n'est pas grave, il avait besoin de savoir lui aussi.

— Si, c'est grave ! gronda-t-il.

— Bon sang, Granger, si vous lui consacriez plus de temps qu'à vos affaires il n'éprouverait pas le besoin de chercher ailleurs ce qu'il ne trouve pas auprès de vous !

Quand elle se rendit compte de l'audace de ses propos elle porta une main à sa bouche.

— Granger, je...

— Inutile de vous excuser, coupa-t-il gentiment. Ce que vous venez de dire est vrai. Peut-être que si je ne l'avais pas envoyé en pension la situation serait différente aujourd'hui.

— Vous avez agi dans son intérêt, je suppose, observa-t-elle en s'amadouant. Et puis Norman est un enfant adorable.

— C'est vrai. Cependant je ne pense pas que vivre à la maison aurait changé le problème présent. De fait, il vous adore. A présent, oublions-le, voulez-vous ?

Sally plongea longuement son regard dans celui de Granger.

Il lui fit remarquer :

— Si vous tenez à éviter un naufrage, surveillez la route !

Il désigna l'énorme voilier qui se dirigeait droit sur eux.

Sally poussa un cri de surprise, augmenta la puissance du moteur et vira à gauche.

Effectivement, l'*Emeraude* avait frôlé la catastrophe.

Quand elle se retourna vers Granger pour lui parler, il avait disparu. L'avait-elle offensé ?

Dans un soupir, elle se concentra sur sa manœuvre afin d'amener ses passagers à bon port.

Le soleil était au zénith. A part quelques baigneurs qui musardaient sur la plage argentée, ils étaient seuls dans la crique de Laurel Cove.

Sally prenait le soleil à l'avant du bateau quand Granger s'approcha d'elle.

— Puis-je vous demander un service ?

Elle tourna la tête et cligna des yeux.

— J'ai un rendez-vous important cet après-midi. Pouvez-vous garder Norman ?

— Avec plaisir, nous explorerons les fonds ensemble !

Elle regarda l'enfant en souriant mais celui-ci afficha une terrible mine renfrognée. Etonnée, elle le vit regarder son père d'un air misérable.

— Papa, est-ce que je peux t'accompagner ? Je te promets que je resterai tranquille !

Visiblement l'enfant souffrait de voir son père reprendre petit à petit ses affaires.

— Je suis désolé, Norman, mais la réunion risque d'être mouvementée.

— Oh ! papa, je t'en supplie ! Emmène Sally et je resterai avec elle...

— Je ne peux pas lui demander une chose pareille, voyons. Sally n'est pas ta baby-sitter !

— Sally, s'il vous plaît...

— Si votre père est d'accord, je suis tout à fait disposée à vous accompagner.

Elle lança à Granger un regard de défi.

— Bien entendu, répliqua-t-il. Simplement, je pensais que la perspective de passer la journée avec mon équipe de travail ne vous réjouirait pas forcément.

— Je vous serais reconnaissante de ne pas penser à ma place.

Puis elle fixa l'enfant et lui sourit.

— Je file me changer et je suis à vous !

Dans sa hâte elle ne remarqua pas le regard complice qu'échangèrent le père et le fils.

Une heure plus tard Granger se garait devant une ravissante propriété. Quand ils furent descendus il s'approcha de Sally.

— Installez-vous près de ces arbres, vous verrez bien. Je vous rejoindrai dès que possible, promit-il.

Intriguée, elle le regarda s'éloigner. Soudain son sang ne fit qu'un tour à la vue d'une équipe de cinéma. Visiblement on s'apprêtait au tournage d'un film ; publicitaire sans doute...

Elle prit Norman par la main et l'entraîna vers les palmiers. De là ils virent trois mannequins sortir d'une caravane. Elle ne s'était pas trompée ! Les souvenirs affluaient dans son esprit ; elle comprit aussitôt ce qui l'attendait.

Lorsque son regard se posa à nouveau sur la caravane, un frisson la parcourut. L'homme qui faisait face à Granger n'était autre que Thomas Manning. En proie à une colère blanche elle serra les poings. Un instant l'idée d'une vengeance l'effleura. Mais comment ?

Deux heures après, le tournage était terminé ! Elle s'était surprise à expliquer à Norman le déroulement du scénario... qu'elle connaissait par cœur pour l'avoir elle-même rédigé. Tom y avait apporté quelques modifications... plutôt désastreuses.

Norman et Sally regagnaient la voiture quand Granger les interpella.

— Alors, ça vous a plu ?

— Enormément! répondit Norman avec enthousiasme.

— Et vous? demanda-t-il à Sally.

— Intéressant...

— Ce qualificatif ne me paraît pas de très bon augure.

— C'est exact. J'ai peur que vous ne perdiez beaucoup d'argent... sur cette publicité, je m'entends.

— Vous le pensez réellement?

— J'en suis convaincue, dit-elle en cillant à la vue de Tom Manning qui se dirigeait vers eux. Je vous attends dans la voiture, s'empressa-t-elle d'ajouter avant de s'éclipser.

Pourvu que Tom ne m'ait pas reconnue, souhaita-t-elle en avançant d'un pas rapide. Granger la suivit des yeux et réprima un sourire car au même instant lui parvenait la voix de Tom.

— Je crois que nous avons là une publicité de première classe! Si nous terminons les trois autres dans les mêmes délais nous économiserons quelques milliers de dollars...

— Tom, peu m'importe le coût de l'opération. Ce qui m'intéresse c'est la qualité du travail. Alors faites en sorte que le résultat soit à la hauteur!

— Ne vous inquiétez pas, répondit Tom décontenancé par le ton subitement cassant de son patron. Serez-vous présent demain matin sur le plateau?

— Non, j'ai un programme de plongée sous-marine mais j'assisterai à la projection l'après-midi.

196

— Monsieur Granger, si vous désirez quoi que ce soit, n'hésitez pas à nous le demander, déclara le chef de publicité avec un sourire épanoui.

— Monsieur Manning, je n'ai besoin de rien, merci.

Sans un mot, il se dirigea vers la voiture.

Après dîner, confortablement installés au clair de lune, Sally et Granger bavardaient, un verre de vin blanc à la main. Après cette journée éprouvante, Sally se sentait mieux ; sa revanche sur Tom paraissait imminente. En réalité le projet qu'elle avait conçu et qu'il avait mal utilisé risquait de se retourner contre lui. Avec un peu de chance, la télévision n'accepterait pas de programmer cette publicité... Elle n'aurait même pas à intervenir dans ce règlement de comptes.

— Sally, appela doucement Granger.

Elle oublia ses pensées vengeresses.

— Répondez-moi à présent. En quoi la publi-cité Meredith vous déplaît-elle ?

— Ecoutez, cela ne me regarde pas ; n'en parlons plus, si vous voulez bien.

— Vous êtes la femme la plus têtue que je connaisse !

— Merci pour le compliment !

— De rien, ajouta-t-il avec un rire franc.

— Demain, souhaitez-vous faire un peu de plongée ?

— Naturellement.

— Pas de tournage en perspective ?

— L'après-midi suffira. Je vous consacrerai ma matinée, murmura-t-il.

Elle rougit. Son cœur battit à un rythme accéléré.

— Non, dit-elle. Pas à moi, mais à votre fils.

— A vous deux.

Il se leva et se tint un instant près d'elle. Partagée entre la peur et le désir qu'il la prenne dans ses bras, elle resta sur la défensive.

— Bonne nuit, murmura-t-il.

Puis il disparut vers les cabines.

— Bonsoir, répondit-elle, tout à la fois soulagée et déçue.

Mélancolique, Sally contemplait le paysage par la vitre de la voiture.

Depuis deux jours, la matinée se passait en plongée et l'après-midi sur les lieux de tournage. Chaque fois elle avait réussi à éviter Tom. A présent, elle était intimement persuadée de l'échec de cette campagne. Non seulement elle était nulle mais, plus grave, elle représenterait une perte sèche pour Granger. Malheureusement elle pouvait difficilement aborder cette question avec lui sans révéler sa mésaventure...

Aujourd'hui, ils allaient explorer un endroit que Granger avait personnellement choisi. L'accès de la crique étant impraticable en yacht. Tôt, ce matin-là, Sally avait entassé le matériel de plongée dans la voiture de location.

— Nous y arrivons ! annonça Granger en souriant.

Le paysage était d'une beauté surprenante. L'eau turquoise de la lagune brillait comme un diamant sous le soleil radieux.

— Que c'est beau ! murmura-t-elle.

— Je suis ravi que cela vous plaise, dit-il en ouvrant sa portière.

Peu après, en tenue de plongée, ils pénétraient tous les trois dans l'océan aux transparences d'aigue-marine ; sur le fond blanc ivoire se détachaient de petits bancs de corail irisés ainsi qu'une multitude de poissons colorés.

Trop absorbée par la contemplation des fonds, elle perdit de vue ses deux compagnons. Tout à coup elle sentit sa cheville se bloquer et donnait déjà un violent coup de pied pour se libérer, quand elle aperçut Norman qui lui faisait des signes de détresse.

A la vue de Granger, immobile au fond de la lagune, son sang ne fit qu'un tour. Apparemment il avait des ennuis avec son appareil respiratoire.

D'un geste vif elle ôta son embout et le plaça dans la bouche de Granger. Le souffle suspendu, elle l'observait ; bientôt elle le vit inspirer faiblement.

Dès que Norman se rendit compte que Sally commençait sans doute à manquer d'air, il lui tendit l'embout de son tube flexible. Elle prit une longue bouffée d'oxygène. Puis sans cesser de soutenir Granger elle veilla à la sécurité de Norman. Il lui restait très peu d'oxygène. Il n'y avait plus qu'une solution afin d'éviter tout danger...

A son signal, Norman ôta sa bouteille, l'échangea contre la sienne, détacha celle de Granger. Puis, très vite, avec l'aide de Norman, elle le ramena sur la plage.

199

Sans tarder, elle pratiqua la respiration artificielle.

Témoin de la scène, Norman pleurait discrètement. Soudain elle ne put contenir davantage sa détresse.

— Je vous en supplie, ne m'abandonnez pas, je vous aime ! cria-t-elle désespérément en pressant de toutes ses forces sur son thorax pour vider l'eau de ses poumons.

Un spasme violent secoua Granger. Aussitôt, il toussa. Alors, elle le saisit aux épaules et le força à s'asseoir.

Les yeux rivés sur son visage, elle le vit battre des paupières et regarder un instant dans le vide avant de reconnaître enfin ses compagnons de voyage.

— Papa ! s'écria l'enfant en se jetant dans ses bras, Sally t'a sauvé la vie !

— Je le sais, articula-t-il faiblement avant d'être de nouveau secoué par une quinte de toux.

Quand il eut récupéré quelques forces il se tourna vers elle.

— Merci, murmura-t-il.

Emue, elle eut de la peine à s'exprimer.

— Je vais vous conduire à l'hôpital, murmura-t-elle.

— C'est inutile, assura-t-il d'une voix ferme, je vais très bien à présent.

— Comme vous voudrez.

A quoi bon discuter avec un plongeur aussi expérimenté que lui ? songea-t-elle.

Elle reprit sa bouteille d'oxygène et vérifia la réserve. Il lui restait une autonomie de quinze minutes ; c'était suffisant pour achever sa mission.

— Vous, ne bougez pas, ordonna-t-elle à Granger qui cherchait déjà à se redresser. Norman, veillez bien à ce qu'il reste ainsi !

— Où allez-vous ? s'enquit l'homme, anxieux.

— Ne vous inquiétez pas, je reviens tout de suite.

Elle mit son masque et plongea aussitôt dans la mer turquoise.

— Papa ? questionna l'enfant, que s'est-il passé ?

La gorge brûlée par le sel, Granger déglutit avant de répondre.

— La manette de sécurité s'est bloquée.

— Je suis tellement heureux que tu sois indemne... Papa ?

— Oui, Norman ?

— Tu sais, quand Sally pratiquait le bouche-à-bouche pour te sauver, à un moment donné, elle a crié quelque chose... Elle a dit que ce n'était pas le moment de l'abandonner et qu'elle t'aimait.

— Vraiment ?

Tout en parlant, il surveillait la surface de la lagune.

— Merci, mon fils, pour ce renseignement.

— De rien, papa.

Peu après Sally réapparut, avec l'équipement de Granger à la main. En silence, elle ôta sa tenue et rangea tranquillement le matériel dans le coffre de la voiture.

En fin d'après-midi, Granger n'éprouvait plus qu'une faible irritation de la gorge. Pour la centième fois, il repensa à cet accident et, intérieurement, remercia Sally de lui avoir sauvé la vie. En examinant l'appareil il avait tout de suite repéré le défaut à l'origine de cette défaillance technique ; il savait comment le modifier pour éviter ce genre d'incident dramatique. Mais, dans l'immédiat, il avait d'autres préoccupations en tête.

A table, il observa Sally. Depuis qu'il avait repris connaissance elle s'était montrée silencieuse, presque absente. Il n'avait pas osé la questionner de peur de se montrer indiscret.

Sally n'avait aucun appétit. Les événements de la journée l'avaient anéantie. En voyant Granger en danger elle avait pris conscience de l'attachement profond qu'elle éprouvait pour lui. A présent, elle regrettait d'avoir joué les femmes distantes et méfiantes. Quelle idiote ! se disait-elle. Soudain, à bout de nerfs, elle quitta la table, en larmes, et se réfugia dans sa cabine.

— Papa ! Elle pleure !

— Je le sais.

— Pourquoi ? Qu'avons-nous fait de mal ?

— Rien, rassure-toi. N'as-tu pas remarqué le calme étrange qui l'habite depuis cet après-midi ?

Norman acquiesça en silence.

— Pour me sauver elle a fait preuve d'un grand courage et d'une grande force physique. Maintenant, elle subit le contrecoup de cet effort surhumain. Tu verras, elle reviendra dès qu'elle sera apaisée.

— Ah ! fit l'enfant perplexe.

Effectivement Sally parvint très rapidement à se dominer. Après s'être rafraîchi le visage, elle revint à la cuisine.

— Ecoutez, messieurs...

— Café ? coupa gentiment Granger.

— Avec plaisir.

Enfin, elle leur souriait.

— Attention, c'est mon père qui l'a préparé ! avertit Norman.

— Ce soir je peux tout supporter !

Mais elle trouva le café à son goût et interrogea Granger du regard.

— C'est très simple, Sally. J'ai écouté le jour où vous avez appris à Norman à faire un bon café !

— Bravo ! Il est excellent.

— Sally, pourquoi la campagne Meredith ne marchera pas ? questionna-t-il abruptement.

Décidée à tout avouer, elle répliqua :

— Tout sonne faux !

— Est-ce la consommatrice avertie qui parle ?

— Non. Je vous ai déjà dit que je n'avais pas toujours travaillé avec mon père. J'ai été dans la publicité moi aussi ! Et je vous l'affirme : cette campagne est lamentable !

— Pourquoi ?

— Enfin, Granger, cela me paraît évident ! Rien ne convient : ni les mannequins, ni les produits, ni les dialogues !

— Pourquoi avez-vous renoncé à la publicité ?

Granger l'observait du coin de l'œil, avide de confidences.

— C'est elle qui n'a plus voulu de moi, répondit-elle du tac au tac. A présent si nous changions de sujet... ?

— Volontiers...

Granger se lança tout à coup dans des explications techniques concernant la mise au point de son invention sous-marine. Fascinée par le mouvement de ses lèvres, Sally l'écoutait distraitement.

Chapitre 13

Sereine, aux côtés de Granger, Sally se sentait en parfaite harmonie avec la nuit calme qui les entourait.

Elle se tourna vers lui et le dévora du regard comme pour imprimer à jamais son visage dans sa mémoire. Soudain, il eut le même réflexe et un grand sourire apparut sur ses lèvres.

— Votre sourire me plaît énormément, dit-elle.

— Merci.

Embarrassée, elle se mordilla la lèvre ; que de spontanéité, décidément...

— Granger, aujourd'hui, j'ai vraiment cru que j'allais vous perdre, murmura-t-elle.

— Grâce à vous, je suis sain et sauf.

— Chut !

Elle était enfin résolue à exprimer ce qui lui tenait à cœur.

— Ce n'est pas facile à expliquer... Mais cet après-midi, devant le risque que vous couriez, j'ai eu très peur... Cela m'a permis de comprendre...

Elle marqua une pause.

— Même si cette croisière n'est pour vous qu'une bagatelle, reprit-elle, laissez-moi croire le contraire jusqu'à la fin du voyage...

— Sally, moi aussi j'aimerais vous dire...

— Non ! surtout pas ! Laissez-moi rêver. Aimez-moi.

Elle se leva pour aller se blottir dans ses bras.

— Sally, murmura-t-il contre sa chevelure.

Certes il mourait d'envie de la rassurer, mais il craignait de rompre le charme. Lâchement, il garda le silence puis s'empara fiévreusement de ses lèvres offertes pour un long baiser empreint de tout l'amour du monde.

Sally se réveilla en sursaut. Quelqu'un venait de frapper à la porte de sa cabine. Le bras de Granger lui couvrait à moitié la poitrine. Le souvenir d'une scène identique lui revint en mémoire ; mais cette fois, elle soupira et se composa un visage souriant.

— Bonjour !

Norman se tenait sur le seuil, visiblement ravi.

— Maintenant, vous allez vous marier avec mon père ? questionna-t-il plein d'espoir.

— Matelot Granger, filez tout de suite sur le pont !

— A vos ordres, capitaine !

Il referma la porte sur une intimité qui le comblait de joie.

— Sally ?

Granger se redressait pour l'attirer dans ses bras.

206

— Vous n'allez pas commencer vous aussi ! répondit-elle gaiement.

Elle effleura ses lèvres d'un baiser tendre, puis se dégagea de son étreinte, se leva prestement, décrocha son peignoir et fila prendre une douche.

Il avait eu raison d'agir ainsi la nuit dernière, pensa-t-il ; à présent, il avait la certitude qu'elle l'aimait. Tout sourire, il bondit hors du lit et regagna sa cabine.

Autour de la table du petit déjeuner, Granger suggéra :

— Sally, accompagnez-moi à l'hôtel. Vous assisterez à la projection des fameuses publicités.

— Cela ne me dit rien, répondit-elle d'une petite voix.

— Vous me feriez tellement plaisir... Craignez-vous de constater que vous vous êtes trompée ?

— Pas du tout !

— Vraiment ?

— J'en suis certaine ! Entendu, Granger, je viens avec vous !

Elle posa sa tasse et se leva.

— Vous ne me laissez même pas le temps de boire mon café ?

— Il faudrait savoir ce que vous voulez !

Les yeux brillants, il lui adressa un chaleureux sourire.

Entre Granger et Norman, Sally pénétra dans le hall de l'hôtel. Elle avait les nerfs à fleur de peau...

— La projection a lieu dans la salle Marie-

Antoinette, déclara Granger. Allez-y, je vous y rejoins tout de suite.

Décontenancée, elle le dévisagea comme un étranger.

— Granger...

— Allez-y, ordonna-t-il.

Norman lui prit la main et la guida vers la salle de réunion.

La tête haute, elle ouvrit la porte et pénétra dans la pièce. Tous les regards convergèrent vers les nouveaux arrivants. Sally accrocha aussitôt celui de Tom Manning. Un instant, il resta bouche bée puis, comme par magie, il reprit contenance et lui adressa un sourire charmeur.

— Sally ! Quelle surprise ! Quel bon vent t'amène ? questionna-t-il, l'air faussement décontracté.

— C'est une longue histoire, Tom... M. Granger m'a demandé d'accompagner son fils à la projection.

— Je comprends.

Une fraction de seconde, la nouvelle parut l'affecter mais vite il retrouva son assurance habituelle. Sally lui adressa un vague sourire puis dirigea Norman vers les sièges qui leur étaient réservés. A la vue du magnétoscope et des appareils vidéo, elle éprouva une vague de nostalgie.

— Puis-je te parler en privé ?

Tom Manning s'était approché discrètement d'elle.

Sans daigner le regarder, elle répondit froidement.

— Je n'en vois pas la nécessité.

— C'est une erreur.

Il la prit par le bras avec autorité.

Afin d'éviter une scène en public, Sally n'opposa pas de résistance. Mais Norman la dévisagea avec une curiosité mêlée d'inquiétude.

— Tout va bien, Norman. Je reviens dans cinq minutes.

Elle suivit Tom dans le couloir.

— Quel culot ! dit-elle, sitôt la porte refermée.

— Calme-toi ! Sally, je me suis comporté comme le dernier des goujats, je le sais et je le regrette. Après ton départ j'ai compris que je t'aimais. Malheureusement je n'ai pas su faire à temps la part des choses.

— Tu es trop égoïste et trop ambitieux pour t'intéresser à autre chose qu'à ta carrière et à ta petite personne !

— Sally, écoute-moi. J'ai foncé les yeux fermés dans l'affaire Meredith sans vraiment me rendre compte de ce que je perdais. Rentre avec moi à Atlanta ! Fini le baby-sitting et les promenades en bateau avec des touristes qui n'ont plus ton âge ! Reviens, tu verras, nous formerons un couple formidable !

— Tom, murmura-t-elle.

Lentement, gentiment, elle leva les yeux vers lui et caressa sa joue. Aussitôt, elle vit dans ses prunelles une lueur de triomphe. D'un geste voluptueux, elle retira sa main et ne put résister au plaisir de lui administrer une gifle magistrale.

— Va-t'en au diable, Thomas Manning ! s'exclama-t-elle en tournant les talons.

Dans la salle de réunion elle reprit sa place à côté de Norman. Tom revint peu après, une cigarette à la main ; de l'autre, il cachait sa joue cuisante. Il s'assit comme si de rien n'était.

Soudain la porte s'ouvrit sur Granger. Sally chercha son regard ; elle fut tout de suite rassurée.

— Prêt ? s'enquit Granger en regardant Manning droit dans les yeux.

Ce dernier acquiesça. La séance commença.

Une demi-heure après, la projection était terminée. Tom se leva et les applaudissements fusèrent. Stupéfaite, Sally promena son regard autour d'elle. Elle jeta un coup d'œil à Granger mais son visage était impénétrable.

Il considéra tour à tour Sally et Tom Manning qui, visiblement, attendait les louanges du grand patron.

— Eh bien, Tom ! Ce n'est pas mal, dit-il d'une voix traînante...

Le ton qu'il employa surprit Sally ; elle comprit...

— Mais, reprit-il, je pense que vous l'avez bâclé !

Sally, comme d'ailleurs toute l'assistance, retint son souffle. Un silence de mort suivit la sentence de Granger. Il recula sa chaise, se leva, contempla la dizaine de personnes présentes puis ses yeux s'attardèrent sur le visage ahuri de Manning.

— Vous n'avez pas utilisé les bons produits, les mannequins ne convenaient pas et les dialogues étaient totalement inadéquats! acheva-t-il en pesant chacun de ses mots.

— Monsieur Granger, il ne s'agit que d'une première épreuve. Vous ne pouvez pas juger aujourd'hui. De retour aux Etats-Unis l'équipe technique se chargera d'améliorer ce travail. Vous verrez, le produit final sera excellent!

— Monsieur Manning, j'ai le regret de vous annoncer que je n'y crois pas. Cette publicité m'ôte toute envie d'y associer le nom des cosmétiques Meredith!

— J'engage ma réputation sur ce projet! s'exclama Tom Manning.

— Trop tard! Votre réputation est faite!

Ces paroles firent l'effet d'une bombe. Osant à peine respirer, Sally Morgan guettait les réactions de Manning. Tout à coup il lui lança un regard furibond. Puis il se tourna vers Granger.

— Tout ce qu'elle a pu vous raconter est faux ! Si Mlle Morgan a perdu son travail, c'est uniquement parce que notre agence était meilleure que la sienne !

Tom la désignait d'un geste accusateur.

Pour la première fois elle voyait Granger hors de lui. Si sa colère n'éclata pas, elle sous-tendit chacun de ses propos.

— Permettez, monsieur Manning, rectifions la vérité, voulez-vous. Sachez que Mlle Morgan ne m'a jamais dit un mot sur ce qui s'était passé à Atlanta. A vrai dire, elle ne m'a jamais parlé de vous !

Sally dévisagea les deux antagonistes. De toute évidence Granger était au courant de sa mésaventure passée... Soudain ce fut la révélation : il avait provoqué cette scène pour elle, elle en était convaincue. D'ailleurs n'avait-il pas repris mot pour mot sa critique à l'égard de ce tournage publicitaire ? Un frisson de bonheur l'envahit.

— Monsieur Granger, permettez-moi de m'expliquer...

— Inutile, Manning... Vous êtes licencié.

— Pour qui vous prenez-vous ? explosa Tom. Vous êtes peut-être P.-D.G. de la société Endicorpe mais vous n'êtes pas encore mon chef, que je sache ! De quel droit osez-vous me mettre à la porte... Je ne travaille pas sous vos ordres !

— Préféreriez-vous les recevoir de l'un de vos supérieurs ? Disons, du vice-président chargé des relations publiques ?

— Parlons-en ! Ce poste n'existe pas dans notre agence. Par ailleurs, j'ai trop de gros clients pour que l'on se débarrasse si facilement de moi !

— Détrompez-vous, Manning. Et permettez-moi de vous présenter votre supérieure hiérarchique... ici présente, puisqu'il s'agit de Mlle Morgan. En effet, depuis ce matin l'agence Gates appartient au groupe Endicorpe...

Granger marqua une pause. Puis il sourit à Sally.

— En tant que président d'Endicorpe, j'ai le droit, non seulement de choisir mes collaborateurs, mais encore de créer des postes et surtout... de renvoyer les incapables !

Il posa longuement son regard sur Tom avant de s'adresser à Sally :

— Maintenant, mademoiselle Morgan, si vous voulez agir en mon nom...

Encore abasourdie par les déclarations de Granger, elle le dévisagea avant de répondre.

— Je n'y tiens pas particulièrement.

A quoi bon ? Tom était suffisamment humilié...

— Comme vous voulez... Monsieur Manning, déclara solennellement Granger, vous êtes licencié. Sally, Norman, partons, voulez-vous !

Avant de quitter la pièce, il se retourna vers l'assemblée sidérée. Tous gardaient le silence.

— Pliez bagages et rentrez aux Etats-Unis par le premier avion. Merci de vous être donné tant de mal, ajouta-t-il.

— Depuis quand le saviez-vous ? questionnat-elle dans la voiture.

— Je l'ai appris le soir de notre arrivée en Martinique. J'ai eu Stewart et votre père au téléphone. Sally...

— Pas maintenant, John, j'ai besoin de réfléchir, murmura-t-elle.

Dans le rétroviseur, il regarda son fils assis à l'arrière. Lui aussi était silencieux. Cependant, discrètement, l'enfant leva la main et fit le signal de plongée signifiant que tout allait bien. Granger lui adressa un clin d'œil.

A présent il ne pouvait plus attendre. Il avait déjà trop retardé le moment de livrer son cœur et de connaître les projets de la femme qu'il aimait.

D'un pas décidé, il grimpa l'échelle et se dirigea droit vers elle. Sally reconnut aussitôt son pas et l'accueillit avec joie. Elle jeta un coup d'œil vers Norman. Il dormait profondément dans sa chaise longue.

— Le moment est venu, je pense, de...

— De s'expliquer, acheva-t-elle à sa place.

La proximité de son séduisant visage la troublait délicieusement. Pour une fois, elle le laissa s'exprimer librement.

— Sally, vous avez été l'objet d'une incroyable méprise.

— Une méprise ?

— Oui. Figurez-vous qu'Endicorpe est une puissante société connue dans le monde entier avec une trentaine de filiales dans plusieurs pays. Nous dépensons donc environ cent millions de dollars par an en publicité dont quinze millions pour les seuls honoraires de l'agence que nous employions. Avec l'accord du conseil d'administration j'ai donc décidé l'an dernier d'acheter une agence qui assurerait toutes nos campagnes à moindres frais. Nos investigations nous ont portés vers l'agence Gates qui se trouvait justement à vendre. De petite taille mais d'excellente réputation, elle présentait l'avantage d'avoir une antenne à New York, une à Dallas et une à Atlanta. Or, le budget Meredith venait à expiration au moment même du rachat des actions Gates... Pour des raisons financières nous avons imposé le secret absolu sur cette affaire. Personne n'était au courant en dehors du comité directeur. Voilà concrètement pourquoi Meredith n'a pas reconduit le contrat auprès de votre agence. Vos compétences n'étaient pas en jeu ! Sally... je vous aime...

— Non ! protesta-t-elle vivement.

— Pas question que vous m'interrompiez, ce soir ! J'ai trop souffert de vos brimades. Maintenant tenez-vous tranquille et écoutez-moi jusqu'au bout.

En quelques mots il acheva l'histoire du rachat de l'agence Gates puis il raconta comment il avait manigancé la chute de Manning dans le seul but de lui permettre de prendre sa revanche.

— Granger, je... je n'y connais rien du tout en gestion et c'est un domaine qui, a priori, ne me tente guère. Par ailleurs, ma nomination ne manquerait pas d'intriguer... Mais surtout je préfère de loin l'aspect créatif de la publicité.

— Rien ne vous empêche d'apprendre à diriger une entreprise.

— Sincèrement, je n'en ai aucune envie.

— Que désirez-vous exactement ? demandat-il d'une voix vibrante tout en la dévorant du regard.

— Je...

De peur de se livrer elle s'interrompit. Granger aussitôt lâcha sa main et recula.

— Cessez donc vos cachotteries ! J'ai toujours été honnête et franc avec vous... sauf aujourd'hui, mais si je vous ai joué le grand jeu c'était pour vous rendre service !

Sally le sentait vaguement oppressé.

— Certes vous avez vécu une expérience malheureuse qui vous a sérieusement affectée, mais est-ce une raison pour tout gâcher ? Sally, je vous en prie, ne me repoussez plus, je vous veux près de moi, pour la vie.

Profondément émue, elle se confia.

— Moi aussi, je tiens à vous. Mais je préférerais consacrer ma vie à ce que j'ai de plus cher au monde...

Soudain, elle se sentit enfin libre, débarrassée du spectre de Thomas Manning qui la hantait et freinait ses élans depuis cet échec professionnel. L'amour et la tendresse qu'elle lisait dans les yeux de Granger la comblèrent d'un bonheur indicible.

Derrière eux, Norman, éveillé, observait le couple à son insu. De crainte d'interrompre ce moment capital dont il espérait tant, il se contenta d'une prière muette.

— Que désirez-vous ? répéta Granger.

— Granger, je...

L'émotion lui serrait la gorge.

— J'ai une bonne idée, murmura-t-il.

— Vraiment ? dit-elle, le cœur empli d'espoir et d'appréhension.

— Marions-nous !

— Nous... nous marier ?

Soudain le monde s'arrêta de tourner et un silence insoutenable pesa sur eux. Sally écoutait l'écho de ces mots magiques...

Tout à coup, son cœur s'emballa ; elle se précipita dans les bras de l'homme qui lui offrait le plus grand des bonheurs.

— Je vous aime, Granger, et je ne demande qu'à vous le prouver, le plus longtemps possible, murmura-t-elle rayonnante.

— Oh ! ma chérie, je t'aime... pardon, nous t'aimons, corrigea-t-il d'une voix rauque en regardant son fils.

Le visage radieux, l'enfant leva la main et fit le signe de la victoire.

Ce livre de la *Série Harmonie* vous a plu. Découvrez les autres séries Duo qui vous enchanteront.

Romance, c'est la série tendre, la série du rêve et du merveilleux. C'est l'émotion, les paysages magnifiques, les sentiments troublants.
Romance, c'est un moment de bonheur.

Série Romance : 6 nouveaux titres par mois.

Désir, la série haute passion, vous propose l'histoire d'une rencontre extraordinaire entre deux êtres brûlants d'amour et de sensualité.
Désir vous fait vivre l'inoubliable.

Série Désir : 6 nouveaux titres par mois.

Amour vous raconte le destin de couples exceptionnels, unis par un amour profond et déchirés par de soudaines tempêtes.
Amour vous passionnera, *Amour* vous étonnera.

Série Amour : 4 nouveaux titres par mois.

Série Harmonie : 4 nouveaux titres par mois.

PARRIS AFTON BONDS
Dans le vent du désert

Que cachait sa séduction?

Après la mort de son mari,
Cassie Garolini revient
se fixer au Nouveau-Mexique.
Mannequin célèbre, elle succède
à son père en devenant shérif.

Mais sur cette terre brûlée par
le soleil, personne n'est prêt
à admettre qu'une ravissante jeune
femme puisse représenter la loi.
C'est alors qu'intervient Cade Montoya,
l'étranger au passé énigmatique.

Très riche, bien qu'il cache sa fortune,
il ne tarde pas à acquérir la confiance
de Cassie. Mais attention...
Des ombres mystérieuses entourent
l'aventurier chevaleresque...

Série Harmonie

ANNA JAMES

Souvenir d'une passion

**Bienfaiteur
ou escroc?**

– Diana, il me faut absolument
une enquête sur Nicholas Frémont.
Je veux m'assurer que son entreprise
humanitaire est véritablement honnête.
Il est trop beau et trop célèbre
pour m'inspirer confiance.

Diana donnerait tout pour que
la directrice de son journal renonce
à ce projet. Elle n'a aucune envie
de revoir l'homme qu'elle a tant aimé
et qui l'a sacrifiée à ses ambitions.

Mais comment se dérober? Elle fera
donc son reportage, sans soupçonner
les vertigineuses découvertes qui l'attendent.

Série Harmonie

KATHRYN THIELS

Jeux de scène

**Dangereuse
fascination**

A Hollywood, en plein
tournage d'un film, le
metteur en scène et la
vedette féminine sont
victimes d'un accident
de voiture.

Si David McClure est
désigné pour remplacer
son père, la belle Jessica Blair,
maquilleuse attitrée des
vedettes, va-t-elle accepter
de passer de l'autre côté
de la caméra ?

Etoile de l'ombre, brillera-t-elle
encore à la lumière des sunlights ?

Fascinant, David lui tend la main,
l'encourage, lui parle d'amour.
Est-ce une merveilleuse chance
ou un piège redoutable ?
Hollywood n'est-elle pas
la ville des illusions ?

Achevé d'imprimer sur les presses de l'Imprimerie Bussière
à Saint-Amand-Montrond (Cher)
le 21 novembre 1984. ISBN : 2-277-83043-7.
N° 2427. Dépôt légal novembre 1984. Imprimé en France

Collections Duo
27, rue Cassette   75006 Paris
diffusion France et étranger : Flammarion